목차

Chapter 1 당신의 일상이 궁금하다

Chapter 2 이렇게 살고 있어요

3

Chapter 3 내 주변 가게들

Chapter 4 배우는 인생

5

Chapter 5 매일이 기대되

Chapter 6 우울하면 어때서?

Chapter 7. 다른 식으로 잘살고 싶다

Chapter 8. 질투가 찾아올 때

Chapter 9. 나는 실수가 특기라서

Chapter 10. 오늘의 신변잡기

13

머리말

 나는 주로 무거운 글, 반성하는 글, 인생의 가치를 찾아볼수
있는 글을 쓰길 좋아했다. 그런 무거움은 낮보단 밤이 더 읽기
좋단 생각이 들었고 생각이 많아지게 만들고 싶었다. 예상은
적중했고 사람들은 "반성합니다, 생각이 많아지네요, 저를 돌아
봤어요 , 하루 종일 쓰신 글이 맴돌았어요, 꼭 책으로 내주세요
내주신다면 꼭 사서 읽을께요. "좋은 생각"에서나 볼수 있는 내
용들이라서 지역 카페에만 올리지 마시고 라디오 사연글에도
올려 주세요. 전국민이 들으면 좋겠어요,님의 글을 잘읽고 있는
사람입니다. 제가 댓글은 달지 않았지만 제 삶이 달라지고 있
다는 것을 말씀드리고 싶습니다, 하나도 놓치지 않고 들으려고
알람 설정을 해두었어요"등 다양한 수많은 댓글을 받았다.

나는 책을 사겠다는 많은 댓글을 받으며 지난 3년간 매일 썼던
글을 책으로 만들고 싶단 생각이 들었다. 내가 쓴 글중 알뜰하
게 사는 법에 관한 글이 있었는데 누군가 프린트를 해달라고
했고 그것을 실천해서 꼭 자신의 낭비를 막고 생활상 절약을
실천해서 이 힘든 삶의 악순환을 끊고 싶다고 했다.

내가 썼던 글들은 주로 사회적 약자에 대한 글들, 삶속의 소소한 감동들, 책 요약과 영화 후기들, 일상에서 일어나는 일들에 대한 소감들로 구성된다.

내가 읽은 인상적인 한 글이 있는데 그 글은 "몇 명의 친구가 있으시나요? 모든 것을 공유하시나요?" 라는 글이었는데 댓글에 놀랍게도 친구가 한명이 있다는 대답이 압도적으로 많았다. 거의 배우자가 그런 존재라고 표현했다. 사람들은 왜 온라인에 들어올까 나는 여러 이유들중 그들이 외롭다는 생각이 들었고 오프에서 받은 상처를 온라인의 누군가에게 위로받고 싶어한다는 생각이 들었다. 그 위로의 글중에 내 글도 포함되면 좋겠다. 친구가 한 명 있거나 없는 사람들에게 이 책을 바친다.

Chapter 1 당신의 일상이 궁금하다

1.밤 10시에 글 올리는 사람

난 매일 밤 10시쯤이면 온라인 카페에 하나의 글을 올린다.그렇게 올리게 된 이유는 내 글을 어떻게 생각하실까 하는 반응이 궁금했기 때문이다.작가 지망생으로서 일기 정도의 글을 쓰면서 작가를 꿈꾸는 건 아닌지 내 글의 수준을 대중적으로 평가받고 싶었다. 과연 사람들이 좋아하고 영향력도 미치는 글인지 궁금했다.

처음엔 나의 이기적 동기로 글을 올리다가 이젠 나의 베프가 되어버린 온라인 카페...육아에 지치고 시댁의 문제, 남편의 무관심에 지친 사람들의 하소연이 올라오는 카페에 사랑을 느끼게 되었다. 이젠 다른 동기로 온라인 카페에 10시면 글을 쓰고 있다 아이를 돌보느라 독서를 못하는 그녀들을 위해 독서 요약을 올려주고 평범한 솜씨이지만 건강을 위해 집 밥 사진을 지속적으로 올리게 되었다. 그리고 한 사람이라도 희망이 될 수 있을까 해서 따뜻한 글을 쓰고 있다.

나의 카페 생활은 5년 차, 여러 온라인 카페 활동을 지속적으로 하면서 어떤 아이디 하면 그 사람에 대해 줄줄이 썰을 풀 정도가 되었고 안 보이는 아이디는 어디가 아픈가 걱정이 되었다. 이제 나도 어디 병원이 좋고 아이용 신발 이름이 뭔지 터득하게(?) 되었다. 맛집도 꽤 섭렵하게 되었다 아이도 없으면서 그런 걸 알게 된 건 맘 카페가 취미 생활이 되면서이다 내가 온라인 카페 죽순이가 된 다른 이유가 있다.

  그건 외로워서였다. 나 역시 관계의 산전수전 공중전을 겪다 보니 관계를 시작하는 게 두렵기도 했다 한 사람을 만난다는 건 그 사람 인생 전체가 내게 들어온다는 것이기 때문에 그의 과거,현재, 미래가 내게 들어온다는 게 두렵고 버거웠다. 한 사람이 주는 상처의 크기가 놀랍기 때문이었다. 그래서 난 관계를 꿈꾸지만 상처가 두려워 온라인에 숨어서 우정을 나누는 사람이 된지 모른다. 지금 날 보면 은둔형 외톨이에 가깝다 그래도 내 시간을 맘껏 7시간씩 휘둘러 쓰던 친구들 속에 있던 시절보다 내 시간을 조절하며 내가 쓰는 이 생활에 더 만족한다.

은둔형 외톨이처럼 지낸 5년 온라인 카페생활 나는 외롭지 않았고 소속감이 느껴졌고 댓글 놀이에 행복했고 위로를 받았고 때론 아프기도 했다 누구랑도 5년을 알고 지냈다면 적지 않은 시간인데 이렇게 알고 지낸 온라인 카페..그들은 친한 친구에게도 하지 못하는 말을 왜 카페에 익명으로 적는걸까. 그리고 임금님은 당나귀귀처럼 적기만 해도 맘이 가벼워지고 시원해지는 걸까. 계속 적는 사람들이 끊임없이 있는 걸로 봐서 익명의 글쓰기도 분명 효과가 있는 것 같다. 하지만 난 내 진실한 고민과 맘속 깊은 이야기는 온라인 카페에 다 적진 않았다. 좋은 맘들속에도 이리는 숨겨져 있다고 생각하기 때문이다.

2.언빌리버블 소녀 이야기

내가 독해쌤으로 일하던 학원에서 가르치던 학생의 별명이 언빌리버블 이었다.내가 무슨 말을 하면 아주 구성진 목소리로 "언 빌리어~~블!"이라고 외치기 때문에 그녀의 별명이 됐다

"쌤 저 오늘 착한 일 했어요".

"그래? 어떻게 했는데?".

"편의점에서 장님인 분이 오만원권을 내고 우유를 샀어요. 그럼 거스름돈이 많아야 하는데 알바생이 천원짜리 13개랑잔돈 주는 거예요 진짜"

"뭐? 진짜 못된 사람이네 흥!"

"그래서 제가 그랬죠 제가 보고 있어요! 잔돈 그것만 줄거 아니죠?.'
결국 알바생 얼굴이 빨개지더니 맞게 잔돈 주더라구요. 맹인에게 그렇게 하다니 아주 나쁜 사람이예요 이제 그 편의점 안갈거예요!!!!"

넘 웃기는 아이라서 개그우먼이란 별명도 있는 이 언빌리버블 소녀에게

감동 제대로 받았다. 맹인의 소중한 눈이 그날 되준 것이였다.

 다른 소녀중에서도 현금 80만원이 든 봉투를 주워 경찰서 가져다줬는데 주인을 찾아 포상비 오만원 받은 아이도 봤다. 우리 나라에 온 외국인들이 우리 나라 사람들의 정직에 대해 감탄하며 어떻게 무인샵이 잘 되는지 궁금해 하는 것을 본적이 있다. 우리 나라 학생들중 정직하고 착한 아이들을 많이 보았다.

이런 귀한 인성을 가진 아일 보면 도데체 이 인성이 어디서 온걸까 부모가 넘 궁금해진다.

3.왜 사진을 안찍어요?

나와 지인 두 명은 아주 멋진 곳을 간적이 있다 매우 근사한 옛스런 카페였는데 정말 모든 것이 아름답고 고풍스러웠다. 나와 한 사람은 셀카와 동영상을 쉴 새 없이 계속 찍어대고 있었는데 제일 첨단처럼 보이는 막내는 아무 것도 찍지 않고 있었다.

"이렇게 멋진데 아무 것도 왜 안 찍어요?."

"아 저는요 찍는 것보다 제 맘에 담아가는 게 좋아요. 그냥 지금 이 순

간을 누리고 싶어요 남기는 것보다.."

그녀의 말이 정말 인상적이였다 요란스럽게 찍어대느라 우린 사실 풍경

에 대한 맘을 느낄 겨를도 없었던 거 같다.

남다른 생각,남다른 행동, 한번 더 생각해볼 만한 것을 느끼게 하는

사람을 보면 그 사람에게 매력이 느껴진다. 그 뒤로 나도 풍경을 보고

사진을 안찍지 않고 나답게 요란하게 여전히 찍고 있다

그녀같은 의미있는 매력은 아니지만 다른 매력의 난 남기는 게 좋다.

4. 대일밴드

"하고 싶은 대로 해! 그게 너의 상처에 대일 밴드를 붙이는 거야!"

그러고 보니 지난 7년간 난 알탕을 먹으러 간 적이 없었다. 함께 하는

사람들의 입맛에 맞추다 보니 내가 좋아하는 음식을 먹자고 주장하지않

았단 걸 깨달았다.

내가 좋아하는 음식을 먹을 때

"니가 이렇게 많이 먹는거 처음봐!"

"그치.. 늘 내가 원하지 않은 걸 먹었으니까"

오늘 난 내가 좋아하는 것을 했다 내가 하고 싶은 주장을 피고

내가 걷고 싶은 길로 걷자고 팔을 끌고. 정해진 대로,주장하는 대로,강

요받은 대로가 아니라 내 맘이 원하는대로

　그리고 깨달았다 맘의 돌덩이같던 답답함의 숨통이 트여가는 걸

　쓰레기통이 차면 버릴 줄을 알면서 마음의 상처가 터질만큼 차올라도

버릴 방법을 찾지 않았다. 난 나인데도 날 몰랐다 내 맘에 응급처치도

아닌 대일 밴드 하나 붙일줄 몰랐다. 그거 하나 붙여도 이렇게 쓰라리지

않는 것을 몰랐다.

내가 모르는 상처도 아는 너가 있어 행복하다.

나에 대해 무지한 것에 깨우쳐 주어 감사하다.

5. 고등학생들의 뒷모습

삼삼오오 즐건 대화를 하며 집에 가는데 유독 혼자 자신 없는 눈길을

한 채 걷는 학생들이 있다. 대부분 뚱뚱하고 외모를 꾸미지 않는 아이들

이었다.

어려서부터 왕따나 차별 등이 딱 정해져 있는 듯해 보이는 아이들의

모습을 보며 좀 슬픈 생각이 들었다.

어린 왕자에서의 여우의 말이 또 떠오른다

'중요한 건 보이지 않아.'

마음을 보며 친구를 사귀는 아이들이더 많아지면 좋겠다. 나에게도 들려주는 말...

6. 슬기로운 칩거 생활

난 원래 칩거에 익숙하다. 드라마나 영화도 좋아하지 않고 유튜브도 그렇게 즐기지 않는다. 우리 집은 TV가 없고 난 컴퓨터를 켜 본적이 손에 꼽는다. 아날로그 인간형의 전형이 나다. 내 반쪽이 연애때 내 손에 스마트폰을 쥐어주지 않았다면 난 계속 폴더폰을 가지고 다녔을 것 같다. 외식도 별로 좋아하지 않아서 쉬는 날은한발자국도 안나간적이 많다. 그럼 나는 그 기다긴 시간을 어떻게 보낼까.

대부분 나는 책을 읽고 글을 쓴다. 예전에 떠오른 일을 통해 글감을 잡기도 하고 누군가의 글을 읽고 글감을 잡기도 하고 글감은 생활하다 불쑥 불쑥 떠오르는 것 같다. 나는 직업 작가가 아니기 때문에 글쓰기는 내게 행복이다. 아마 밥벌이로 하게 된순간 내 행복이사라질지 몰라서 이렇게 계속 글쓰기를 혼자 하는지 모른다. 칩거하며 느끼는 건 이 시간에 우린 절제, 근신, 내면으로의 여행을 경험한다는 것이다.

조선 시대때도 갑자기 하늘에서 흙비가 내린 재앙의 시기가 있었다. 많은 신하들이 모든 연흥을 삼가하고 금주령을 전국적으로 내려 근신하는 시간을 보내자고 제안했지만 그걸 반대하는 한 신하의 말에 꽂힌 왕의 결정에 의해 그 왕도 하야하는 운명을 맡는다.

우린 그동안 너무 놀러다니고 먹고, 마시고 하는 시간들을 보냈다고 생각한다 먹방으로 도배된 방송들, 외국에 여행간 연예인들 프로그램들, 외국 여행 사진들이 넘쳐나는 SNS, 흥청망청 살

앉던 면도 분명히 있었단 생각이 든다. 즐기기 위해 흥청을 만들었던 연산군이 망해서 만들어진 말 흥청망청에서 교훈을 삼으면 한다. 재앙이 올땐 서로 근신할 때라 생각된다.

훌륭한 분들은 유배지에서도, 감옥에서도 생산적인 활동을 했던 걸로 안다. 이글은 코로나 전에 쓰여진 글이다. 그러나 지금은 어쩔수 없이 우리 모두 칩거에 들어가야 한다. 늘 칩거를 하던 나로선 코로나가 별로 불편하지 않다. 오히려 마스크를 쓰기 때문에 감기나 비염이 더 좋아진 것 같다.

어쩔수 없는 칩거가 시작된 이상이 시간들이 버텨가는 시간이 아니라씨앗을 심는 시간이 될 수도 있을 것이다. 그 씨앗은 이내 자라 몽우리를 피울 것이다. 우리의 내면이 공포에 점령당하지 않도록 강하게 단장해 갔으면 한다.

7. 우울할 땐 붕어빵 할아버지를 보러간다

누구나 우울할 때가 있다. 여러 원인들로 감정이 곤두박질치고 세수도 안하고 집에서 잠수를 탄다. 나도 한 이틀 그렇게 시간을 보낸적이 있다. 그러다가 우리나라의 수많은 청년 백수들의 우울한 유튜브들을 보게 되었고 그들은 어떤 활기도 없었고 정신과 약을 먹고 있었는데 원인은 미래에 대한 불안이였다.

난 그들의 삶을 들여다보게 됐고 안타까워 눈물까지 흘렸다. 그 때 짜잔~ 나타난 빛의 목소리

"영혼의 감기가 찾아올 땐 무조건 집에서 나가야해. 시장을 다섯번 간적도 있어. 왜 가냐구? 붕어빵 할아버지 보려고! 열심히 붕어빵 굽는 그 얼굴을 보고 나면 삶의 의욕이 샘솟거든. 우울할 땐 나가봐 가서 붕어빵 할아버지 얼굴 보고 와봐."

붕어빵 할아버지를 진짜 보러 갔다. 할아버지는 정말 성실하고

눈부신 모습이셨다.우린 때로 찌그러진 냄비처럼 느껴진다. 이제

소망 망치로 똑똑 두들겨 다시 의욕을 부활시켜보자. 붕어빵 할

아버지는 어떤 정신과 의사보다 힘이 세다.

　때론 우울증이 고맙다. 내 속을 깊이 들여볼수 있는 우물이 되

주니까.

8.나는 예뻐야 한다

대학 때 우리 동아리에 정말 예쁜 언니가 있었다. 인형같은 외모

였다.남자들과 함께 하는 시간들이 오면 그 언니의 인기는 하늘

을 치솟았다.잠깐 그 언니가 화장실이라도 가면 남자들은 야단법

썩을 떨며

"왜 이리 허전하냐?" 라고 온갖 사심을 가득 드러냈다.

28

내가 호감을 갖던 남자애가 그 언닐 보던 눈길을 잊을수 없다.

우린 예쁜 여자들에게 상처(?)가 있다. 그래서 일평생 예쁜 여자가 되려고 안간힘을 쓰는지 모른다.

직장에서도 20년 어린 여자쌤과 함께 교실을 들어가면

"외모 비교 엄청되네"라고 말하는 8살 아이의 비교를 당하기도 했고, 같이 식당을 가면 남자 선생님이 고등학생과 들어오는줄 알았다고 하며 그녀를 칭찬했지만 난 순간 할머니로 추락된 기분을 어쩔수 없었다.

회식에서도 어린 그녀에게

"미인은 잠꾸러기잖아요." 하는 사심성 말들을 내뱉는 남자 동료들속에 난 잠없는 여자가 되는 기분이 들기도 했다.

외모에 대한 집착은 사실 세상이 우릴 그렇게 만든 거 같다.

나역시 반 백살의 나이에도 다이어트 사진을 여전히 찍고 이만보씩 걸으며 관리를 하고 새치염색에 열을 올리며 여전히 외모 지상주의에 자유롭진 않지만 뮤지컬에서 힐을 신고 춤추는 곡선이 아름다운 그녀들이 밤에 잘 잘수 있을지 걱정이 된다. 추워도 라인땜에 늘 얇게 입고 씩씩거리며 추워하던 그녀들도 생각난다.

정말 예뻤던 스튜어디스 그녀는 의사와 결혼해서 토끼같은 예쁜 딸들을 키우고 있었는데 그녀는 말하곤 했다.

"집에 남편은 늘 없어요. 예식장 알아보는 것도, 집계약도, 애낳는것도 다 혼자 했어요." 유능하고 바쁜 남편과 사는 그녀의 고달픔이 느껴졌었다.

살아보니 미인이라고 좋은 남자랑 결혼해 행복을 독차지하는 건 아니더라.그때 외모에 열을 올리느라 보냈던 시간들을 좀더 귀중히 보냈다면 내 지금은 어떻게 달라졌을까 하는 생각이 든다.

살아보니 여자라고 예뻐야만 하는 건 아니고 아름다움은 겉만은 아니더라.이왕이면 다홍치마라고 이쁜 여자가 좋단 말이 있지만 예쁘다고 인생이 술술 풀리는 건 아니고 안좋은 유혹들때문에 고통도 당하더라. 살아보니 유혹도 없고 밤길도 안전한(?) 평범한 외모도 살기 퍽 괜찮더라.

9. 프사 자주 바꾸는 사람

난 하루에도 몇번씩 프사를 바꾼다. 왜 바꾸냐구? 결론부터 얘기하자면 취미여서 이다. 왜 취미가 되었냐구? 재밌어서 그렇다. 매일 매일의 내 기분은 매우 달라진다. 특히 날씨에 영향을 많이

31

받고, 있었던 일들이나 만난 사람들과의 대화속에서도 내 마음은 많은 영향을 받는다. 그 변화무쌍한 마음 상태를 프사에 첩보작전처럼 비밀스럽게 드러내는 것이다. 나만 아는 비유와 암호가 넘실대는 내 프사엔 내 마음이 담겨있다.

뭔가 재밌는 비밀찾기처럼 내 프사에 즐거움을 담는다. 때로는 풍경 사진으로, 때로는 버스에서 빠른 샷으로 찍은 사진으로, 가끔은 예쁜 일러스트 그림과 서정적인 문구로, 어쩔 때는 가슴벅찬 은혜사진과 눈물 날듯한 고백으로 한마디의 글을 적는다 .

보는 사람 얼마나 있을까 하는 생각으로 관종아닌 관종처럼 하루에도 몇 번씩 프사를 바꾸는 나는 프사가 내 짧은 일기장이라 생각하는 듯하다.

일전엔 학원에서 스피킹 선생님으로 60명의 아이들에게 내 카톡을 알려준 적이 있는데 세상에 애들이 하나씩 샷을 넘기며 내 카톡 사진들을 즐겨보는 것을 목격하고 깜짝 놀란적이 있다. 그것도 여러 명이...

"쌤 1002번째 사진에 결혼사진 있더라구요. 근데 빛삭하셔서 하마터면 못볼 뻔 했잖아요." 다행히 봤다는 그애의 표정을 보며 잠깐 밤에 한시간 올렸던 것을 도데체어떻게 봤을까. 정말 신기했는데 단지 그애가 특이하다고 생각했는데 이 비슷한 얘길 여러번 그것도 어른에게도 들었다. 참 할일 없는(?) 사람들도 많단 생각이 들었다.

그 일 이후로 카톡을 잠시 삭제했다가 나의 비유와 상징들을 다 날리고 새로 카톡을 만들었다. 물론 프사는 자주 바꾸지만 그 이전처럼 개인적인 일기장이 안되려고 애를 쓰곤 있다. 보는 사람

은 뭐가 달라졌냐고 할수도 있지만서도 나로선 큰 변화가 아닐수

없다. 꽁꽁 싸매지도 완전 보여주지도 않는 경계를 넘나들며 나

를 보여주는 프사의 매력에 오래 빠져 살고 있다.

남의 프사에 뭔 관심이 그리 많수^---^ 덕분에 취미 생활이 롱

런이 되고 있잖수.

10.하루에 하나씩 더러움을 지운다.

가사일 중 누구나 힘든 일이 있을 것이다. 난 설거지나 빨래는

재밌다.물로 하는 건 재밌다고 느껴진다. 빨래 개기도 재밌다. 요

리도 즐겁다. 정리도 어떡해야 할지 머릿속에 구도가 딱 잡히고

혼자 복잡한 서랍을 다 쏟아내서 정리하는 게 재밌다. 옷 수납

정리도 재밌는 거 같다. 난 살림이 즐겁다 장 보기는 내 반쪽이

너무 좋아해서 난 별로 안 해도 된다.

내가 제일 어렵고 힘들다고 느껴지는 건 청소이다. 진공청소기를 이용하는 것도 걸레질하는 것도 여간 힘든 게 아니다. 이 작은데 도 이렇게 힘들면 도대체 큰 집들은 어떻게 하시는 건지 늘 궁금 하다 .청소를 다 마치면 뻗기 일쑤다.

오디오북을 듣다가 아주 청결한 할머니 이야기가 나왔다. 그녀는 뭘 흘리거나 하면 그것만 닦는 게 아니라 그 주위까지 깔끔히 닦 아두었고 더러움이 발견되면 바로바로 청소하는 습관을 가지고 있었는데 집안의 모든 것이 보송보송하고 윤이 난다고 했다.

반면 친구가 있었는데 그녀는 늘 자신이 깔끔하고 청소를 자주 한다고 입버릇처럼 말했는데 실제 집에 가면 전혀 깨끗하지 않아

놀랬다는 구절이 나왔다. 매일 하나의 더러움을 지운다는 맘으로

실천하면 집은 어느덧 반들반들 윤이 날 것이다.

11. 아무 것도 가져오지 마라|

난 엄마께 드리려고 여러가지를 담아 꾸러미로 가져갔지만 거의

퇴짜를 맞고 되갖고 왔고 오히려 잔뜩 받아왔다.

 "난 받는게 싫어 줘야 직성이 풀리지."

엄마는 우리가 차가 없던 시절도 바리바리 싸주셔서 솥까지 지고

버스타고, 전철타고 집에 왔던 기억이 난다.

"엄마! 차가 없어서 이것 가져가기 힘들어"

"너무 주고 싶은데."

"그렇게 주고 싶어?"

"응"

엄마 눈빛이 간절하셔서 다 받아왔지만 힘들었던 기억이 난다.

그런데 우리 언니도 그리고 내 동생들도 그런다. 가장 가난한 우리 집에 다들 몰아서 준다 그런데 주길 좋아하는 성향은 나도 가지고 있다. 핏줄은 못속이기 때문이다. 하지만 우리 가족은 절대 안받으려 하기 때문에 힘들기도 하다. 나도 주고 싶기 때문이다

그래서 난 우리 가족이 아닌 다른 사람들에게 주기로 했다. 힘든 사람은 세상 어디에도 많기 때문이다.얼마전 폐경해서 생리대를 정말 많이 못쓰게 됐다. 남편이 중요한 물건이니 좋은 걸로만 사줘서 고급스런 것들이 쌓였는데 어떡할까 하다가 가난한 이웃들에게 드림했다. 동사무소를 찾아가면 복지 센타와 연결해줘서 기부할수 있게 해준다.

난 내 물건을 팔 때보다 큰 보람을 느꼈다.

받는것보다 주는게 복되다고 하지 않는가. 그런데 복을 떠나 주는 것은 굉장히 기쁨이 있다. 그것이 비록 작은 것이라 해도 말이다. 난 친구들이랑 떡볶이를 먹을 때도 계란은 꼭 친구에게 주었다. 그것이 내게 기쁨을 주었기 때문이다. 우리 가족들은 내게 몰아서 주지만 난 우리 가족의 울타리를 넘어서 주는 것이 더 기쁘다. 가족만 사랑하는 건 작은 사랑이란 생각이 들어서이다

난 늙을 때까지 이 기쁨을 결코 잃지 않을 것같다.

주는 기쁨 그것은 마음을 말로할수 없이 상쾌하게 만든다.

12. 며칠 전 들은 슬픈 이야기

내가 사는 지역은 00지역이랑 가깝다. 사교육의 핵심이라는 그곳 나 역시 그곳에서 오래 가르쳤기 때문에 잘안다. 내가 살던 지역에서도 친구가 의사였는데 딸교육때문에 00으로 갔다. 또 아는

분도... 00맘들은 정신과 의사 정보를 공유하고 정신과 약도 공유한다고 한다. 그 말을 듣고 참 슬펐다 맘들이 그정도라면 그 안에 아이들은 어떤 삶을 살고 있을까.

한 3년전 가르쳤던 중 2학생의 말이 아직도 기억난다.

"너 얼굴이 왜 그래? 무슨 일 있었니?"

"저희 반 옆반애가 죽었어요."

"왜 죽었는데?"

"엄마랑 싸우고 자살했어요."

"ㅠㅠ 그 애랑 친했니?"

"아뇨 얼굴만 아는 애였어요. 그 애를 이제 볼 수 없단 게 이상해요."

사춘기 아이들은 부모랑 사소하게 다퉈도 극단적인 결정을 할. 정도로 무서울 만큼충동적이다. 우리의 오감으로 도저히 이해할

수없는 사고 구조를 가졌다. 그런데도 늘 입시 전쟁으로 던져 버리는 부모들이 난 교사로서 이해가 안된다.

서울대 나왔어도 대기업.다니다가 명퇴되어 자영업차렸다가 망한 사람도 있고 고졸자인데도 과일 가게해서 꽤 안정되게 일궈가는 사람도 있다.MIT 공대 대학원생이 했던 말이 생각난다.

"저는 인생에서 제일 중요한 건 여기서 배우지 못했어요. 그건 관계를 맺는 능력입니다."

인생의 성공은 바른 인성을 가진 사람이 부지런함과 성실로 바른 관계를 이웃들과 맺으며 갖게 되는 선물이다. 우린 얼마나 명문 대 좋은 가문 직장의 사람들의 갑질을 보고 듣는가. 관계를 얻지 못하는 유복한 인생이 행복한 삶이라고 말할 수 있는가.

13. 딸은 늘 삐진다

왠일인가. 내 직장에서 추석 9일 휴가를 받게 되었다. 휴가는 좋은데 중년 여자들은 사실 같이 놀 사람이 별로 없다. 다들 가정이 있는 여자들이 친구이기 때문이다. 신랑과도 휴가 일정이 안맞아 그 기나긴 시간들을 뭐하고 혼자 놀아야 하나 행복한 걱정이다.

편한 친정맘께 전화를 했다.
"엄마 나 9일 휴가야. 엄마집에서 며칠 잘께!"
"자긴 뭘 자. 하루 왔다가 가!"
"…"
물론 엄청나게 삐져서 하루가 멀다하고 전화하던 난 전화도 며칠 안하는 시위를 하고 있다.

그러다 책을 읽다 깨달아졌다. 노화가 진행되는 어른들은 하루가 다르게
몸이 너무나 힘들고 무겁다는 것을 내 컨디션으로 난 늘 엄마를 보고 있었다. 그리고 나랑 안놀아주는 엄마께 늘 삐졌다. 우린 한번도 노인이 되본적이 없어서 하루하루를 살아가는 힘겨운 노

인들의 건강을 이해할 수 없다.

전화할 때마다 졸린듯 받으시는 엄마 게을러서가 아니라 맘대로
몸이 움직여지지 않는 것이다. 이제 엄마를 이해할 때도 됐는데
늘 삐지는 중년의 딸 철이 언제쯤 들려나.

미안해 엄마. .엄마가 편한게 내가 엄마와 함께 있는 것보다 내가
더 바라는 거야. 내가 엄마랑 행복한 것보다 엄마가 행복한게 나
도 행복해. 엄마 사랑해

14.음료수의 둔갑술

남자는 같이 일하는 동료에게 음료수를 건넸다.

"3일내내 힘드셨죠? 이런 봄날씨에 박혀서 얼마나 힘들지 제가

알죠."음료수만 건낸게 아니라 마음도 함께 건넸다.

다음 달 그 동료는 도너츠 한 박스를 기분좋게 내민다.

 사랑으로 건넨 음료수 하나 어떻게 30, 60,100배로 둔갑할지는

그 누구도 모른다. 날씨도 더운데 아이스 음료 가득 철컥 거리며

사가지고 돌려봐도 돈 얼마 안든다. 우린 사회생활 센스가 부족

해서 사랑을 덜 받았던건 아닐까.

15. 힘든 일을 하는 사람들에 대한 연민

나는 힘든 일을 하는 사람들을 안쓰럽게 보는 마음이 있다.

방문 수업을 갔다. 사모님은 큰소리로 전화를 하고 있었다. 그

큰집 안쪽에서 전화해도 될텐데 거실에서 즐겁게 통화중이다. 그

많은 공간중 하필 같은 곳에서 공부를 시켜야 하는 나는 그 소리

를 이겨가며 열심히 수업을 했다. 한쪽에선 누군가 땀을 흘리며

청소하고 있었다. 소박한 차림새의 아주머니에게 돈봉투를 건네

는 화려한 옷차림의 사모님을 보았다. 이 세상은 분명 계급이 없

지만 뭔가의 계급이 느껴지는 것은 부정할수 없다.

나는 쓰레기를 버리려고 내려가다가 가스 검침원 여사님과 만났다 .그녀는 지금 검침 가능하냐고 물으셨다. 나는 이미 많이 내려왔지만 다시 올라가서 검침을 해드리게 했고 캔커피를 상냥한 미소와 함께 건넸다. 그녀는 맑은 미소를 내게 보내주었다.

아파트 미화 여사님들은 쪼그리고 앉아서 층계를 닦고 계셨다. 얼마나 허리가 아프실까. 나이들도 이젠 준노인들로 향해가는 그녀들이 꼭 저렇게 쪼그리고 앉아 층계의 금테를 닦아 반들거리게 보일만한 이유가 있는걸까. 그녀의 허리들과 맞바꾼 반짝이는 층계들이 난 달갑지가 않다. 힘든 노동을 하는 사람들이 더 보답을 받길 바라고 또 존중도 받길 바란다

16. 모르는 게 약이예요

난 아픈데가 있어서 병원을 갔는데 의사쌤이 참 훌륭한 분이시다 "이 증상을 갖는 여성분들이 굉장히 많아요. 한 오년정도 있다간

나으실거예요.그리고 약을 꼭 지켜 드실 필요가 없어요. 안아플

땐 안먹어도 되요. 우린 뇌가 보내는 신호대로 몸이 반응하는 경

우가 많으니 어디가 아프면 뭘 찾아보거나 하지 마세요. 그 증상

이 다 내것같아 더 안좋을꺼예요."

"모르는게 약이군요."

"맞아요. 플라시보 효과라고 약이 아닌 걸 약이라 믿고 먹었더니

증상이 호전된 경우들이 있어요. 나을거란 생각때문에 낫는거죠."

"선생님은 병만 낫게 하는게 아니라 맘까지 치유하시는거 같아요

감사합니다."

내가 만난 베스트 의사였다. 난 쓸데없이 구독하던 의사 채널들

을 다 취소했다. 알려고 애쓰지 않기로 했다. 모른 채 즐겁게 건

강하게 살기로 했다.

 #의사가 효과가 없는 가짜약(위약) 혹은 꾸며낸 치료법을 환자

에게 제안하지만, 환자의 심리적인 요인에 의해 병세가 호전되는

현상을 우리는 플라시보 효과(placeboeffect), 즉 위약효과라고 말한다.

17.초기화

예전에 친구가 재정때문에 힘든 날을 보냈다고 한다. 통장 잔고에 따라 널뛰는 마음으로 일희일비하고 지내는데 어느 날 자기 집으로 돌아오는데 불이 나고 있더란다. 그래서 어디서 불이 난 나보군 하고 재정을 생각하며 걷고 있는데 가까이 갈수록 냄새가 심각해서 보니 자기 집이더랜다. 그때 자신의 모든 것이 깨끗히 사라지는 걸 보고 신기할만큼 마음이 시원해지는 걸 느꼈단 얘길 들은 적이 있다.

 아예 초기화된 것이다

우리도 어떤 일이 잘되야 할텐데..마음이 노심초사할 때가 있는데 오히려 완전히 안됐을 때 잘될랑 말랑하는 갈등에서 숨죽이며 마음이 졸이던 상황을 뛰어넘어 오히려 푹꺼지며 그냥 편안해지는 경험을 하게 된다.될대로 되라가 아니라 완전히 다시 시작하는 것이다.

머리가 복잡하고 스트레스가 막중하고 여러 이해관계로 답답할 땐 초기화해도 좋다. 마이너스 플러스의 엎치락 뒤치락하는 상황을 뛰어넘는 0에서 시작하는 것이다. 초기화는 늦은 게 아니다 새로운 시작이다.

18.견주들에게

저는 강아지를 여러 마리 키우며 살았던 경험이 있고 강아지를 많이 사랑했었던 사람이고 개가 죽고 일주일이상 울기만 할 정도로 개를 깊이 사랑했었습니다.

제 가족이 개에게 물렸었고 저역시 개가 달려들어서 공포를 느낀 적이 있어서 이젠 개를 무서워하는 사람이 되었어요. 길에서 개가 덤벼 넘 깜짝 놀라서 제 가족과 견주 여러명이 싸움이 난적도 있고. 세명이 주먹을 들고 달려들어 손이 발이 되도록 빈적도 있어요 싸우지 말라고.

방문을 가도 제가 개를 무서워하면 개를 무서워하면서 왜 우리집에 오냐는 예의없는 말을 막 듣기도 하고 엄마가 안계신 집에 아이들이 개똥을 밟을까봐 치워주고 나온적도 있어요. 수업할 때 개가 다리밑으로 지나 다녔었어요.

서로의 입장 차이가 있겠지만 개때문에 목숨을 잃거나 크게 고통을 당하는 사람들이 많단 걸 한번 정도는 생각해주셨음 합니다. 어떤 분이 견주에게 그렇게까지 극단적으로 글로 표현된 게 저는 매우 공감이 갔습니다.

밤 8시에 방문을 갈때 입마개없이 엘리베이터를 타는 큰개를 보고 극도의 공포로 숨도 못쉰적도 있어요. 사실 개땜에 살기 힘들다고 느껴질때가 많습니다.

수업때 방에 있는 개가 한시간 내내 방문을 긁고 있는데 견주는 개가 얼마나 스트레스 받겠냐고 하더라구요. 그 긁는 소리를 한시간동안 참는 사람이 그 공간에 있단 걸 말하진 못했습니다. 적어도 인간이 먼저 아닐까요.

19. 참 평화롭다

코로나라고 참 힘들다고들 하고 뉴스에선 연일 무시무시한 일들이 가득 보도되지만일상은 참 평화롭고 길거리 꽃들은 정말 아름답다. 사지 않아도 볼수 있게 울긋불긋 피어있는 고운 꽃들이며 아름다운 하늘이며노을질 때의 핑크빛 구름이며 가슴에 행복이 가득 차오르곤 한다.

층계를 내려가면 '오늘 이층집이 생선 굽나보다'
'오늘 3층에선 청국장을 끓이나 보네' 각 가정들의 메뉴도 금방 알수 있고
'택배들을 보니 인테리어 더 보완하시나보네' 이웃들의 소소한 일상이 사랑스럽다.

자주 가는 맘카페에선
"튜립이 어디가 이뻐요"
"유채꽃은 어디에 많이 피어 있어요
몇시쯤 가야 한가히 즐길수 있어요"

예쁜 정보를 준다 참 정겹고 좋은 이웃들이란 생각이 들어 미소
가 난다.

기분좋게 걸어서 일을 가면 학생이 배울 내용의 CD 트랙까지 딱
찾아서 준비해 앉아있다. 너무 이뻐서 지갑을 털어서 뭐라도 사
주고 싶은맘이 굴뚝같다 수업 마치고 나오는데 .
"시골에서 온 간식이예요. 드세요."하고 아주건강하고 고소한 음
식을 싸주신다
그걸 들고 돌아오는 길 맘 가득 참 고맙고 감사하단 생각이 든다

엊그제 비가 오는 데 누군가 하얀 예쁜 새운동화를 주신다길레
줄을 섰다 과외하는 곳과 아주 가까워서 참 좋았다. 받아갖고 오
는데 문자가 온다. "비오는 데 오시느라 수고하셨어요."
저희 집엔 신을 사람이 없는데 예쁘게 신어주시니 저도 감사하

죠." 어쩜 이렇게 고운 사람이 있을까.

담날 날씨가 눈부신 날 흰운동화 신고 혼자 날라 다녔다.

 감사가 가득한 일상이다.

20.그 사람만 안만났더라면..

글을 읽거나 말을 듣다보면

"내가 몇 살때 어떤 인간을 만나서 인생이 꼬여서"

이런식의 표현을 듣게 된다. 어떤 사람이 내 인생에 영향을 미쳐

서 내 인생이 추락했다는 것이다.

내 학창시절은 어떤 즐거움도 없었다. 난 좋은 선생님을 만난 1

의 기억도 없다. 내 학교 생활은 우울했고 그래서 내가 학생들을

무조건적 측은지심으로 보고 있는지도 모른다. 상담할때도 아이

들이 공부를 안해 힘들어 하는 학부모들에게

"부모이신가요? 학부모이신가요?

질문을 던져 그분들이 조금더 부모편에 서게 만든다.

나쁜 선생님들에 대한 기억들은 교육에 진절머리치며 이곳에 들어오고 싶지 않게 나를 내밀었어야 하는데 모순되게도 나는 교사가 되었다.

난 학원 근무 생활중에서 소수의 좋은 선생님들을 만났다

그때 학원은 원장이 지독해서 교사용책을 사주지 않았다. 그래서 우린 항상 학생들옆에 서서 그들의책을 곁눈질로 읽으며 수업을 했다. 그게 훈련된 난 지금도 책없이 수업을 곧잘 한다. 그런 기본 처우의 열악한 곳에서 그 선생님은 말도 안되는 수업들을 해냈다. 그때 그녀가 했던 말이 아직도 기억에 난다.

"아이들이 불쌍해요 나처럼 실력없는 쌤만나서 ..

더 좋은 쌤에게 배웠음 좋았을텐데."

그녀는 탁월한 인성과 최고의 성실을 갖춘 훌륭한 교사였는데도

항상 겸손했다.난 그녀를 보며 참 많이 배웠다.

내 평생 만난 교사중 다섯 명이 좋았다.그말은 역으로 나쁜 교사

들이 대부분이였단 얘기다. 좋은 교사들을 만난 건 확률적으로

아주 적은 숫자다. 하지만 그들이 내게 미친 영향은 굉장히 컸다.

인생에서 허다한 나쁜 사람을 만나도 우리 인생에 단 한 명의 좋

은 사람을 만나지않는 사람은 없다. 나쁜 사람들을 만났다고 내

가 나빠졌다고 핑계댈순 없다. 분명 기억에 안나더라도 눈부신

소수도 내 인생을 거쳐갔다.

21. 오늘 비온다

오늘은 비도 오고 추운 날씨였다. 이 을씨년스런 날씨에 귀여운 할머니들이 다섯분이 옹기종이 모여 수다를 떨고 계셨다. 평상도 아닌 맨땅바닥에 앉아 계셨다. 여자는 차가운 곳에 앉음 안된다고 어려서부터 듣고 자랐는데 머리가 하얀 어르신들이 비오는 날 비피해 모인 아지트는 낡디 낡은 빌라 주차장이였다.

난 측은하면서도 사랑스런 생각이 들어서

"할머니들 얘기 나누실 때 과자라도 사서드시면서 얘기나누세요." 하고 과자값(?)을 드렸다.

"누구쇼?"

"어이쿠 고마워."

55

장난스런 반응을 보이시는 할머니들, 단지 저분들이 조금더 나은 곳에서 얘기 나누고 계셨음 좋았겠단 생각이 들었다.

비가 오는데 빠르게 걷다가 그만 미끄러워서 아주 창피하게 넘어졌다. 엉덩이가 깨지는 줄 알았다. 창피해서 아픈줄도 모르고 빛의 속도로 일어나는데 한 여사님이 사방으로 날라간(?) 내 물건들을 주워 주신다.

"괜찮아요? 나도 여기서 넘어진 적이 있어요. 길이 미끄러워요."

"너무 감사합니다."

모르는 사람의 비에 젖은 물건까지 주워주는 착한 여사님은 내게 위로의 말까지 해주며 덜 챙피하게 해주셨다.

봄비오는 오늘, 난 독수리 오자매 귀여운 할머니들과 다정한 여사님이 맘속에서 모락모락 아지랑이처럼 피어 오른다.

#우리 동네엔 벤치가 없다

#노인들도 많은데 잠시 앉아 쉬어 갈 곳이 없다.

22. 들꽃은 예쁘다

봄은 꽃들이 시샘을 하듯 아름다움을 뽐내는 시기이다. 마치 여인들이 더 아름답단 걸보여주고 싶어하듯 꽃들은 자신들의 멋진 모습과 대담한 칼라매력적인 향기를 뿜어내서 보는 사람에게 기쁨을 주며 사랑을 받는다.

그 속에서 존재감이 안느껴지는 꽃들이 있다 바로 들꽃이다.

아주 작고 색깔도 소박해서 화려한 꽃들에 밀리곤 한다. 화려한 꽃들은 여기저기 눈에 띄게 피어서 많은 사람들에게 자신들의 자태를 뽐내지만 들꽃은 일부러 찾으려 하지 않음 보이지도 않는 것 같다.

57

"나 여깄어요." 라고 아주 작은 목소리로 속삭이는 듯한 들꽃은

앙징맞은 아기의 고사리손같다.

요밀조밀 작지만 참으로 고운 들꽃들 마치 서민들의 모습처럼 한

번도 자기 이름을 내본적도 없지만 세상을 아름답게 뒤덮고 있다

이름도 모르는 꽃들

향기는 있는지 알수도 없지만 들꽃의 경쟁없는 사랑스러움은 오

히려 깊은 감동을 준다. 들꽃의 아름다움이 주는 행복감은 미소

와 함께 보는 이에게 잔잔한 기쁨을 준다.

누가 땅에 붙어 있는 꽃들을 볼까. 낙망되고 절망되어 고개를 푹

숙이다우연히 발견될 법이나 한 꽃들..높이 피어 싱그럽게 웃는

튤립을 보고 있지 않을까. 분홍색 흐드러지는 벚꽃을 보고 있지,

발에 밟히기 쉬운 들꽃을 볼까.하지만 겸손한 맘들은 들꽃을 사

랑한다. 고민많은 격정의 밤을 보내는 이들은

들꽃에 위로를 얻는다.

"많은 바람에도 꺽이지 않고 잘 견디어 내어 주었구나.

그 험한 날을 이겼는데도 예쁘기까지 하구나. 자랑스럽다.

알아봐주는 이 적지만 항상 우리 곁에 많은 숫자로 아름답게 피

어있어 주어 고마워. 우리랑 닮은 꽃들아."

Chapter 2. 이렇게 살고 있어요

1. 대기업의 나사못 같았어요

큰 회사를 다니시다가 자기가 하는 일이라곤 컴퓨터앞에 앉아

있는 게 전부였다는 한 분의 인생을 만난 적이 있다. 돈은 따

박따박 들어왔지만 도저히 그렇게 살 수가 없었다고 했다. 그

렇게 잘나가는 회사를 그만두고 그는 3년을 방황했다 방바닥에 누워서 영감을 얻었다고 했다. 방바닥에서 울리는 소리들을 듣고 자신의 어린 시절 맞벌이 엄마가 집에 없어 혼자 소릴 이용해서 놀던 어린 시절이 떠올랐다고 했다.

그리고 이분은 지금은 놀이꾼이 되어 골목 놀이 강사로 일하고 계신데 외모는 덥수룩한 머리에 초절정 개성의 바지를 입고 나전칠기를 하는 여자친구와 삶을 누리며 살고 있다. 나전 칠기 그녀의 친구들은 해녀 자격증이 있다고 했다. 나전칠기에 희귀한 조개 같은 것들이 많이 필요해서 직접 따려고 그런 자격증도 땄다는 열정 자체들이다.

그때 그분이 들려준 얘기가 잊혀지지 않는다.
"제 친구중 한 달 60 버는 애가 있어요. 음악하는 앤데요 레슨으로 버는 돈이 그거예요 그리고 나머진 자신이 하고 싶은 음악하면서 행복하게 살아요. 우린 보통 노푸족들이죠ㅡ샴푸를 안쓰는 사람들 ㅡ그 돈있음 엄청 부족할것 같죠. 풍족해요. 오히려 밥해서 친구들을 불러요. 그럼 친구들이 그냥 오나요 뭐라도 들고 오죠. 오히려 남아요."

내 삶속에 힘든 맘 하나가 있었는데 그건 생활에 대한 염려였다.

60

사실 부족한 적이 없는데 부족할까봐 두려워서 늘 더 일해서 벌려고 맘이 쉬질 못했다. 난 그 분이 3년간 자신이 행복해하는 그 일을 찾았다는 그 열정이 정말 대단하고 멋지다고 생각한다. 그리고 그분은 지금은 6일 일하며 쉴틈이 없단 얘길 자주했다. 물론 예전의 그 일과는 전혀 다른 일을 하며 말이다. 구슬치기를 맨발로 하는 재미난 별난 친구들과 함께..내 평생 가장 부러운 삶이였다.

2..넌 왜 맨날 너만 주인공이야?

어제 외국친구랑 한 7시간 놀았다. 이 수다쟁이 친구의 말을 한참 듣다가 내가돌직구를 날렸다.

"넌 왜 맨날 니가 주인공이야?" 친구가 무슨 뜻이냐구 물었다.

"넌 항상 만날 때마다 네 얘기만 잔뜩 하다 가잖아. 네 일,네 남자 친구,네 동료,네 관심분야, 유기농. 한번이라도 내 관심분야를 질문해봤어? 난 너랑 대화하면 늘 들러리가 되는 기분이야 One way잖아!!"

친구는 미안하다고 했다. 그리곤 나에게 어떻게 하면 자신이 날

61

주인공으로 만들수 있는지 알려달라고 했다. 그래서 난 아는 어

떤 분이 함께 있음 내가 주인공이 되게 느껴지게 만드는 사람이

있는데 그 사람은 자신의 얘길 어느정도 하다간 내가 지루해보이

면 내게 질문을 해줘서 내가 대화의 주도권을 갖게 해준다고 했

다. 그리고 그것이 왠지 내가 크게 느껴지는 기분을 느끼게 해줬

다고 설명해줬다.

그랬더니 친구는 내게 질문을 했고 화제의 중심을 자신에게서 나

로 전환시켜 주려고 애를 썼다. 난 이 친구를 많이 좋아하는데

내가 어떤 부분의 불편함을 얘기하면 바로 고쳐준다.

그리고 말한 내가 민망할까봐 다른 사람도 자기에게 그런 말을

한적이 있다고 덧붙여준다.

이미 꽤 덩치가 좋은 편인데도 자신은 더 살이 찌고 싶다는 친구

늘씬녀들이 가득한 시내에서 그녀의 몸짓은 너무 당당하고 자신

감이 넘쳤다. 내가 걱정이 돼서

"이제 너 그만 쪄야해!"

"아니 그건 너희 나라의 미의 기준이잖아 우린 달라!"

이미 식당에서 두 개를 각각 시켰으면서 스스럼없이 하나를 더

시켜 두 개를 쫙 펴놓고 번갈아 가며 먹는 친구. 남을 의식하지

않는 행동들이나 자신의 몸을 만족해하는 그녀가 왠지 부러웠다.

왠지 기죽는 럭셔리한 가게에 손님이 하나도 없는데 눈치도 안보

고 들어가는 친구덕에 고급 가게들 구경을 처음으로 한거 같다.

"근데 궁금해서 그런데 넌 왜 한국에서만 오래 살아?"

"두려워서 딴 데 가서 살 자신이 없어!"

"정말 쉬운데 왜 그렇게 생각해? 한번 너도 가봐 그리고 좋음 살

아봐" 그녀는 한국의 일년을 마치고 케냐로 곧 갔다가 자기 나라

로 간다. 우린 장장 7시간의 대화를 마치고 헤어지려는데 내게

이런 말을 해주고 간다.

"넌 내가 받은 선물이야 너를 위해 세상도 바꿀께!"

 비록 본국으로 곧 떠날 예정이라 언제 또 볼지 기약할수 없지만

나를 위해 자기의 일부를 바꿔주는 노력을 해주는 사람을 보니

넘 고맙고 감격스러웠다.

 '너의 겸손에 나도 많이 배웠어. 나도 더 바뀌고 성장하도록 할

께. 고마워 사랑해' 어느 나라든 가서 살수 있다는 그녀의 용기

가 부러웠다.

3.읽씹

너무 많은 소리들이 쏟아져 나온다. 소리가 버거운 건 내가 듣
고 싶은 소리가 아니기 때문이다. 하루를 보내고 어떤 긍정이
내가 만난 거였나 찾아보니 그다지 긍정을 만나지 못했다. 모
든 것들이 소리치고 있지만 귀담아듣고 싶지가 않다. 관심이
없어서가 아니라 내게 유익하지못하기 때문이다. 속삭이더라도

귀중함을 담고 있다면 내 온몸이 귀가 되어서라도 들었을 텐데..

난 사람들이 어떤 메시지를 보내든 한 번도 읽씹을 해보지 못했다. 해보고도 싶었지만 상대를 무안하게 할 자신이 없었다. 내게 가까운 사람 중에 읽씹을 취미를 지나 특기로 하는 사람이 있다. 뭐라고 답이 온 게 없는데도 내 얼굴은 홍조를 띠고 있다 몹시 무안하기 때문이다.

그때 그걸 배웠다.

"침묵은 말이 없는 상태가 아닙니다. 소리가 없는 상태입니다. 말을 안 하는 것도 일종의 말 하기입니다." 누군가의 침묵은 어떤 날은 따귀를 맞는 기분이었고 다른 날은 얼굴에 침을 뱉은 듯한 모욕감이 드는 것 같았다.

"난 아무 말도 하지 않았는데 내가 무슨 피해를 줬다는 거죠?"
"그날 당신의 침묵은 분노의 샤우팅이었잖아요!"
침묵으로도 상대를 수치심에 떨게 할 강력한 힘이 있다.

4. 아끼다 똥된다 1

예전에 아이들이 단어 시험을 볼때 잘 기억이 안나면 책상에 둔 오리를 누르면 발음이나 뜻 힌트를 줬다. 자기 기회를 다 쓴 아이들은 다른 애들중 기회를 안쓴 애들을 압박하면서.

얼른 써라! 아끼다 똥된다! 이 말을 자주들 했다. 태어나서 이 말을 처음 들었던 난 꽤 신선한 충격이였다.

친구들이 아일 낳으면서 쉐도우등을 내게 줬는데 워낙 화장을 옅게 해서2년이 지나도 많이 없어지질 않아서 새로운 색상을 갖고 싶어도 사질 못했다.다쓰고 산다는 주의가 강해서 거의 내 기억에 십년 넘게 사질 못했다.그러다 이쁜 색깔 눈화장을 하고 싶어 쉐도우를 샀는데 역시 쓰던걸 다 쓰고 쓴다로 산지 몇달이 지났는데 사용을 못했다.

그러다 우연히 유통기간을 봤다 새것도 유통 기간이 있어서 빨리 써야했다.결국 새것을 사용했다. 그동안도 눈화장을 열심히 했지만 아무도 알아보지 못하는 신기한(?) 화장을 했는데 최근에.

"눈화장 하셨네요"
이런 인사를 들었다. 재밌는 표현을 배웠는데 그 안엔 지혜도 있었다. 매일 배우는 것보다 즐거운 건 없다.

5. 아끼다 똥된다 2

늘 베푸시는 천사 작은 엄마께서 주신 컵 세트 좋은 거란 얘길 들어서 지난 6년간 관상용(?)으로 전시하다가

"지금이 선물이다." 이 말이 생각나서 컵을 꺼내쓰고 있다.

왜 사람들중 그릇에 집착하는 사람이 있는지 첨으로 깨달았다.

물맛마저 달랐다.(?)

"아끼다 똥된다"란 말은 제자들에게 배웠는데 요즘 난 이 생각이 많이 든다.좋은 걸 쟁여 놓는 작은 창고가 내겐 있다. 하지만 쟁였다간 남들에게 거의 나눠준다. 내가 쓰는 법이 거의 없다. 내가 쓰고 누리며 기쁘라고 주신 선물들 이제 남에게만 기쁨을 드리지 말고 내 품에도 머물게 해야 겠다.

내 반쪽이 자주 하는 말

"나중에 힘없음 여행도 못가." 아끼기만 하고 누림을 잘 못하는 내 머리를 딱 때린 한 마디. 인생 처음으로 캠핑이란 걸 떠났었다.내 인생에 "누림" "캠핑" 요런 요런 단어들이 들어올 줄이야. 인생도 아끼지 말아야 겠다 힘없어지기전에.

6.선풍기가 운명하셨습니다.

머리 염색을 자주 하는 나는 머리카락에 대한 예의로써 드라이

를 하지 않는다.아무리 추워도 꼭 선풍기로 말리면서 그나마의

머리결을 유지해보려고 하는 것이다. 여자는 머리발 아니던가.

그런데 바야흐로 어제 밤 나의 오랜 친구님인 풍기언니가 운명하

셔서 버릴려고 하자 우리 단짝님 "버리긴 왜 버려! 내가 고칠께!"

우리집에 들어온 가전제품들은 10년이면 강산도 변한다는 그 세

월들을 수도없이 겪고 있다.너희들이 낡아질수록 너희에 대한 애

정도 더해간단다. 우리가 함께 한 세월이 얼마노? 너흰 우리의

역사니까 "죽어도 못보내~!"

　우리의 왕소금 생활이 이렇듯 지속되고 있는 것이였던 것이다.

Chapter 3. 내 주변의 가게들

1.직원을 인간답게 대하는 학원

나는 평생 학원에서 일했지만 학원들은 일년이 지나면 나가라고

하는 경우가 많았다. 그래서 본의 아니게 인터뷰를 많이 보러 다녔다. 인터뷰를 보다 보면 정말 별별 일이 다 일어났다. 옛날에 있었던 일부터 말하자면 종이가 부족할 정도라서 최근에 있었던 일만 얘기하자면 인터뷰 두시간내내 자신의 남편과의 사별이야길 하시는 사람도 있었고, 입시하다가 어학원을 하게된 이유를 두시간 얘길 하시며 채용할테니 계약서도 안쓰고 무보수로 3개월 기다리라는 사람도 있었고, 위치가 헷갈려 전화했더니 제일 잘되는 학원을 물어보면 자기 학원을 말해줄꺼라고 끊는 사람도 있었고, 전화하자마자 대뜸 몇 살이냐 그렇게 나이가 많아서는 우리젊은 선생님들과 팀웍을 못맞춘다고 훈계하고 끊는 사람도 있었다.

사태가 이쯤되니 멘탈 관리가 힘들정도였는데 그중에 오아시스같은 학원이 있었다. 소하동에 있는 G*230이란 학원이였는데 대화도 정말 좋았고 부원장님도 실장님도 너무 인격적이셨다. 그리고 나올 때 인터뷰비를 주셨다. 이만원이 담긴 봉투였는데 나는 태어나 처음 사람으로 대접받는다고 느꼈다. 2주 기다린 후 일하는 것이었는데 그만 그쪽 사정으로 취소를 하게 되었는데 다른 곳에 취업 제의를 거절하고 기다린 것이어서 내가 항의를 했더니 위로비를 50만원이나 입금해주셨다. 내가 보낸 개인 서류도 전부 우편으로 보내주셨다.

나는 무척 감동을 받았다. 그리고 나는 열렬한 지지자가 되어서 학원을 찾는 많은 분들에게 그 학원을 소개해주었다. 그곳에 다녀온 분이 내게 좋은 곳을 소개해줘서 고맙다는 연락이 왔는데 내가 누군지 원장님이 너무 궁금해하셨단 얘길 하셨다고 한다. 나는 그 학원이 내게 보내준 인간미에 최소 10배에서 20배이상 보답해준 것 같다. 약속을 저버린 것에 대한 그들의 인간적 보답은 내 인생에서 잊혀지지 않은 기억이였다. 나는 이 지역에서 5년째 살고 있지만 그 학원을 즐겁게 입소문내주고 있다.

2.참 멋진 의사쌤도 다 있다.

나이가 반 백살이 다 되어가다보니 정말 건강에 관심이 많이 생긴다. 이것저것 찾아보기도 하고 건강에 관한 글이나 병원 정보는 저장도 불사한다.

얼마전 읽었던 글중 밥먹기전 과일을 먹어야하고 밥먹을 때 따뜻한 물을 마셔야 기름기있는 음식의 응고를 내장에서 막는다는 글을 읽고 실천하려고 애를 썼다.

사실 무척 배가 고픈데 먼저 과일을 먹는다는게 정말 쉽지 않았다. 저녁을 거의 안먹는 나로선 뱃가죽이 배에 붙은 극도의 허기진 아침에 과일을 먼저 먹기는 정말 힘들었다 .그리고 이 더운 날씨에 따뜻한 물 마시기도 힘들었다. 요즘 위쪽의 불편함을 갖고 검사 받으러 갔다가 의사께서

"그런 헛소린 어디서 들은 거예요? 스스로 중심을 잡고 내가

주축이 되서 살아야지 이 말 저 말에 흔들리심 어떡해요? 누군 세 끼를 꼭 먹어야 한다고 하고 누군 한끼만 먹어도 잘 사는데 어느 게 맞다고 말할수 있나요? 심지어 전문가란 의사들도 같은 질병들을 다르게 보는데. 앞으론 어떤 기사들 글이든 말이든 보거나 들을 때 희귀한 경우를 내 경우에 대입하지 말고 상식적이고 일반적인 경우만 생각해보도록 생각을 바꿔봐요. 여기저기 아픈것 같다 하니까 의사가 이 사람 쑥맥이구나 하고 된통 걸렸다하고 이 검사 저 검사 막 시켜서 돈버는 거잖아요!!"

건강 상식이라고 올린 글들이 매우 잘못된 것이였단 걸 깨달았다. 그리고 검사 제안도 거품이 많단 것도.. 명의는 결코 병만 치유하는게 아니라 맘까지도 치유한다는 생각이 들었다.

우리가 쓰는 글들도 분명히 남의 인생에 영향을 미칠수 있다. 나역시 낯선 사람의 글귀를 읽고 그걸 실천하느라 고생을 할 정도였으니 말이다.

"위내시경 안받아도 되니 그냥 가요!"

"진짜요?"

검사 안받아도 되니 그냥 가란 의사쌤은 첨 만나보았다.

혓바닥을 잡아 빼서 극도로 고통스럽게 한 의사도 있었고, 눈병난 눈을 마구 눌러대서 아파서 정말 쩔쩔 매게 한 의사도 있었고, 피부과에서 자기 병원오지 말란 의사도 있었고 정말 온갖 푸대접을 하는 의사들속에서 참 멋진 의사쌤도 다 있다. 그는 흔하지 않기에 더욱 빛이 났다 나는 그 의사쌤은 존경하기로 했다. 내가 중심을 (?)잡고 내 맘대루~~^^

3.또 하나의 가게가 문을 닫는다

4년전쯤 동료들과 회식으로 한번 갔던 가게에서 문을 닫는다는 카톡을 보내왔다. 내가 회식장소를 알아봐야 했어서 여기저기 전화를 했었는데 번호를 저장해두셨나 보다.지난 5년간 열심히 광고를 하시더니 그래도 잘안되셨나보다 맘이 아프다. 누군가의 삶은 정말 녹록치 않단 맘이 든다.

"넘 열심히 애 많이 쓰셨어요. 그때 갔을 때 정말 친절하시고 맛도 정말 좋았는데 집이 멀어서 가질 못했네요. 시 어떤 일을 하실지 모르지만 그때의 그 열정과 친절과 실력이시면 꼭 잘되실거예요"

남자 사장님이시라서 카톡에 답은 못해드렸지만 이렇게 제 맘으로당신의 슬픈 밤을 응원해드리고 싶습니다. 꼭 비상하실거예요. 파이팅! 아직 당신의 전성기는 오지 않았답니다.

4.내 인생 처음 만난 안경

난시가 심해지면서 잔글자들이 안보이면서 안경을 맞춰야지 맞춰

야지 하다가 안경점에 한번가보고 그때도 불편하지 않음 안맞추

셔도 된다는 비상업적인 말에 꽤 호감을 갖고 돌아왔는데 이젠

불편해져서 안경을 맞추러 갔다.

겸손하고 친절하고 너무 자상해서 감사함이 맘속 가득 차올랐다

가격도 훌륭했다.제티 음료를 마시려고 챙겨뒀는데 깜빡해서 안

가져와서 또 들어가니 "더 가져가세요!" 란 한마디 말에 감동을

받았다.

안경을 맞추고 다되면 가서 받기로 했는데 비도 오고 거리도 멀길레 다시 전화해서 택배도 되냐고 하니 흔쾌히 보내준다고 하신다.그것도 무료였다. 감동받은 가게중 바로 이 안경점을 꼽고 싶다. 저번에 갔을 때 직원분도 넘 좋으셨다. 친절을 너머 선하기까지 하셨다. 이곳이 내 동네에 있어서 참 기분이 좋다. 감사합니다.

5. 그 집 망했어요

"빵 사왔네 어디 빵집이야?"
"저희 집 근처 ○○요 근데 거기 오늘까지예요"
"왜?"
"손님없어서 문닫는대요"
"손님이너무 없어 보여서 안되서 일부러 가서 사주고 했는데"

작은 빵집이 오늘도 하나 문을 닫는다. 분명 오픈할 때 설레임과 두려움을 가지고 시작했을텐데... 이것도 해보고 저것도 해보고 온갖 빵개발과 인스타니 블로그니 다 해봤을텐데.. 그래도 생활이 안될만큼 장사가 안되니
나중엔 자포자기에 우울증도 왔겠지.. 지나다니다 손님많은 빵집에 들어가 한번 사서 먹으며 자신의 가게랑 뭐가 다른가

깊은 반성도 했겠지.... 접으며 가게 물건 그냥 나눌때 심한 패배감도 들었을거야...

왜 사람들은 작은 가게에 관심이 없을까. 그 가게 빵은 비록 롤빵에 어떤 장식도 되지 않은 하얀 상자-지나치게 횅해 보이는 하아얀 상자-에 빵을 담아주었지만 맛은 밀리지 않았다 단지 햇병아리스러움은 고스란히 담고 있었다.

몇년만 버티게 도와주었다면 햇병아리도 벗어날 수 있었을텐데 ...
내 아는 사람이 작지만 소박한 가게를 운영한단 생각으로 하나씩만 팔아줬어도 좋았을텐데..

굳이 브랜드빵집,이미 문전성시인
곳에 나까지 가담할 필요는 없었을텐데, 맛은 있겠지만 가격도 맛값을 했을텐데.. 오늘도 작은 가게 하나는 문을 닫았다.

6.스승의 날 생각나는 학원

00에서 몇군데 일했지만 존경하는 원장님이예요. 사모님도 굉장히 좋으시고 따님도 같이 근무했었는데 아이들에게 참 잘하더라구요. 스승의 날 32명의 교사들에게 식사를 사주신 원장님 넘 고마웠습니다. 매달 한번 우리 모든 교사에게 점심을 사주셨습니다.

76

잊지 않겠습니다 당신의 사랑과 배려~^^

그리고 학생에게 들었는데 한 식당에 그 학원 기사님 30여분 정도가 들어와서 회식했다고 그분들에게도 아낌없이 베푸신거 보고 감동받았었습니다.

지금도 그건물 지날 때마다 울컥하곤 합니다

늘 겸손하시고 믿어주셨던 좋은 리더쉽.. 당신이 더욱 형통하길 빌겠습니다.

회의 때 하셨던 말씀이 생각납니다

"벚꽃이 피는데 나와서 보충하게 해서 죄송합니다." 늘 90도로 인사하셨던 원장님. 참 아름다우셨습니다. 그리고 어떤 말도 경청해주셨던 부원장님 고맙습니다.

7.계속 문이 닫혀 있어서요

내가 최애하는 떡볶이집이 오래 문이 닫혀 있어 걱정이 되었다. 지역 카페에서 할머니의 남편이 아프시단 얘길 들었다. 몇 번을 갔다가 허탕을 쳤다 .우연히 지나가다가 문이 열린 걸 보고 반가워서 가서 인사를 하니

"할머니 잘 계셨어요? 할아버진 어떠세요?"
"하늘나라 가셨어 "
 할머니눈속에 눈물이 구르고 있었다. 그 얘길 듣고 오는 내내 죽음이 주는 무거운 교훈을 생각했다 어제 할머니에게 빵과 음료수를 사가지고 갔다.

"떡볶이 일인분, 순대 일인분 주세요"
원래 떡볶이 일인분이면 배가 차지만 순대도 더 시켰다 할머니는 조금더 나아보이셨다. 할머니가 바빠지셔야 슬픔을 더 빨리

극복하실거란 생각이 든다.

손님이 더 많아지시길 시장 할머니 떡볶이집을 떠올리며

Chapter 4   배우는 인생

1. 나누는 마음

나는 파지 어르신들을 만날 때마다 만원씩 드리는 것을 하곤 했다. 그리고 그때마다의 감동을 글로 써서 맘카페에 올리곤 했다. 내 글을 읽고 감동받았다고 두 분이 각 7만원, 10만원을 보내주셨다. 그래서 나는 그분들의 이름과 닉네임으로 그 돈을 전달해 드리곤 했다. 그 과정에서 정말 감동적인 일들이 많았다. 특히 시장에서 만난 분인데 내가 뭐라고 나같은 사람에게 이런걸 주냐고 큰 소리로 외친 분은 잊혀지지가 않는다. 내가 사라질 때까지 90도로 인사를 하셨다. 그렇게까지 감동하시는 것을 보면서 그동안 그렇게 하신 분이 없었나보다 하는 맘이 들어 안쓰럽기도 했다.

한번은 자살결심자가 쓴 글을 보고 그에게 연락처랑 주소를 알아내 복지사님과 의원님을 그댁에 가주십사 부탁드려 생사확인을 한 적이 있는데 그런 내용을 글로 쓰자 어떤 분이 쪽지를 주셨다

"안녕하세요~ 카페에 종종 들어와 글을 읽기만 하다가 오늘 글 남기신 것을 보고 용기내어 연락드렸어요....혹시 마음이 힘들다고 하신 분께 제가 연락을 해봐도 될까 해서요....저도 마음이 힘들었던 사람으로서 작게나마 도움이 될 수 있을까 해서요... 자꾸 생각이 나서 그냥 지나치기가 어려웠네요.

저도 연락처를 받고 카톡을 드리고 대화를 나누기는 했는데, 청년분이 혹시 기분이 나쁘지는 않았을까.. 마음의 위로와 힘이 되었을까.. 걱정도 되었네요. 제가 전문가가 아니다보니 어설픈 관

심이 오히려 해가 될까 염려도 되었어요. 님의 이웃을 향한 따뜻한 사랑과 관심, 지혜롭게 대처하는 능력을 배우는 시간이었네요. 부디 청년분도 잘 회복이 되었으면 좋겠습니다.. 계속 기도할게요"

나와 그녀는 그가 외롭지 않게 연락을 했고 그는 국가의 도움도 받게 되었고 붕어빵 장사도 시작하게 되었다. 내가 만난 맘카페엔 정말 좋은 분이 많았다.

2. 왜 사세요?

어느 영상을 보다가 성공한 건축가가 가장 이민가고 싶은 나라의 모두가 꿈꾸는 아주 좋은 회사의 최고의 환경에서 갑자기 곤고해진 얘길 시작한다.

도저히 행복하지 않았고 왜 사는지 알길이 없어 만나는 모든 사람들에게 왜 사냐고 묻고 다녔고 심지어 부모에게도 그 질문

81

을 던졌다. 부모는 너때문에 산다고 했으나 자식도 없는 자신
은 그것에 공감이 안됐다고 했다.

그 회사동료들은 그가 그 회사를 곧 떠날 걸 직감했고 답을 찾
으면 알려달라고 했다. 답을 알려 달라는건 대부분 자신들도
모르기 때문인거 같다. 나도 왜 사는가 질문을 스스로에게 해
봤다. 내 스스로 대답을 할 수 있었다. 감동과 감격의 깨달음은
엔돌핀보다 100배 강한 성분의 것이 분출된다고 한다.

 한 유명 강연자가 한 말이 기억에 난다. 자신은 요리를 해서
맛있게 먹는 사람들을 배고픈 요리사같았다고 했다 많은 사람
들이 재밌어 했지만 자신은 조금도 재밌지가 않았다. 그래서
찾아간 누군가가 침묵을 배우라고 했고 그길로 프랑스 수도원
에서 침묵을 했고 내면의 소릴 듣고 자신을 짓누르던 정신병에
서 벗어났다고 했다.

유명 스포츠맨도 같은 소릴 했다. 성공했고 유럽에 살았고 꿈
꾼건 다 이뤘는데 행복하지 않아 3개월 절박하게 보내다가 그
수렁을 벗어난 이야기들,사실 우리 모든 같은 얘길 하고 있다.

나역시 29살때 빈 내 마음땜에 몹시 힘들었고 무얼로도 채울수 없는 곤고함에 매달리다가 그때 회심했다.

얼마전 만난 사람이 자신이 술을 마시는 걸 얘기하며 내게 어떻게 술을 안마시냐구 물었다. 그때 난 깊은 내면의 곤고함으로 절박해져서 30살에 회심했고 술을 딱 끊었다고 얘기했다.

코로나에 이상기후에 경제 침체에 어떻게 행복감을 느낄수 있는가. 맘에 스스로 찾은 답이 있는 사람은 폭우속에서도 노래할 수 있다.콧노래는 정신이 건강한 사람만 부를 수 있다고 한다.며칠전 만난 사람에게"요즘 모두 제 정신이 아닌거 같아요" 라고 하는 말을 들었다. 그럴 때일수록 우린 보다 본질적인 것에 질문하고 대답할 수 있게 된다.

3. 버리기 놀이

환경 파괴로 세상이 힘든 고비를 맞고 있는데도 방송은 미니멀을 계속 보여주어 따라하는 사람들이 많아지고 의류수거함엔 산같은 물건들이 쌓여져 무섭기까지 하다.

외국은 자연을 지키기 위해 쓰레기를 줄이려고 스프컵을 만들어 컵까지 먹고 있는데 우리는 군대 버거를 만들어 큰 플라스틱 식판까지 만들고 있다. 종이 하나에 버거를 싸서 팔면 될 것을 재밌단 이유로 사먹고 쓰레기는 무한대로 늘어난다.

뉴스에선 쓰레기산을 이룬다는 보도가 매일 보도되고, 산불이 꺼지지 않는다는 나라와 매일 바이러스와 싸우는 지금 입장에 우린 더 환경에 눈뜨고 쓰레기를 줄이는데 열정을 다해야 한다.

우리 나라처럼 온 국민이 새 차를 몰고 다니는 나라도 드물 것이다. 과시때문에 좋은 물건을 소비하고 버리고 이건 버리기 놀이에 중독되는 것이다. 외국은 이동이 어려울 만큼 땅이 넓고 대중교통이 발달되지도 깨끗하지도 않다.외국인들이 경탄하는 이런 좋은 대중교통을 가지고도 우린 차를 몰고 다닌다.

미니멀 카페에서 천개 버리기도 따라한 적도 있다. 하지만 나중엔 버릴 게 없어 나무 젓가락까지 버린 기억이 난다. 미니멀은 버리는 게 아니고 안사는 것이다. 싫증난 걸 버리고 새로운 인기템을 사들이는 건 미니멀이 아니다.사기 위해 공간이 필요해 버리는 건 미니멀이 아니다.

너무 사고 싶을 땐 3일만 참아 봐라. 미치도록 갖고 싶은 그 마음이 약해져 있게 된다. 그리고 일주일 지났을 때 저게 뭐라고 갖고 싶어했지 하는 맘이 들 것이다.

4. 한국인들은 무서울만큼 생각이 같아요.

무엇이 우리 생각을 통일시켰는가. 어떤 힘이 각자 사유할 능력을 뺏어갔는가.다른 생각을 말하는게 왜이리 힘든 세상이 됐는가 다른 생각을 말하면 돌을 던질 자유는 누가 주었는가.

딴 생각을 말하고 싶은데 말하려면 왜 용기가 필요한가.
다른 사람이 다른 생각을 말하는 게 당연한데 왜 다르게 생각한다고 말하면 비난당하는가.

한 카페에서 모르는 내용을 묻는 무리가 있었다. 그들이 묻는 내용은 기초적인 것이었다. 일부 학식좀 있는 사람들이 비난하기 시작했다. 그렇게 모르면 그런 일을 할 자격이 없다, 내 눈을 의심했다 정말 아는게 없구나 조롱들이 꼬리에 꼬리를 물었다.

그때 내가 맞서기 시작했다. 모르는데 아는 척 하는게 문제이지 알려고 하는 사람들을 밟지 마라. 당신들이 가르쳐주기 싫음 가르쳐주라 하지 않는다. 하지만 가르쳐주려고 하는자들까지 막지 마라. 지독한 설전을 새벽까지 했고 상대가 넉다운되서 종료됐다. 우리의 설전을 수많은 눈들이 지켜보았던 걸 느꼈다. 그리고 그 카페는 초보지식자들이 자유롭게 묻는 장이 되었다.

한 사람이 이런 글을 올렸다 자신도 나와 같은 생각이였다 하지만 초보지식자들을 비웃는 무리들이 반대의견자인 자신의 글을 비난할까봐 두려워 생각을 드러내지 못했다고 했다. 자신은 비겁했고 난 용감하다고 했다.

난 또렷한 다른 생각을 써서 강퇴도 여러 군데 당했고 재가입 금지도 당했다. 내 소신대로 말할수 없고 드러내면 돌드는 이 풍조는 잘못됐다고 난 말하고 싶다. 자신은 비난당할까봐 그럴듯한 글하나 쓴적 없으면서 소신글의 토시하나 물고 늘어지며 맹공격하는 댓글러들이 있다. 마치 비난하려고 사는 사람들같다. 그렇게 많은 위로글을 수년간 썼는데 한번의 공감댓글도

87

단 적 없으면서 다른 생각엔 살기를 세운다.

요즘 같아선 붓을 꺾고 싶단 생각도 든다. 그런 분위기에서 누가 다른 생각을 쓰겠는가. 그럼 더이상 신경써서 읽고 싶은 글들은 사라지게 된다. 이곳은 민주주의 국가이다.

*먹물은 듣고 싶은 말이 아니라 둘어야 할 말을 해줘야 한다

5.내 가족이 자살하지 않는 법

자살이 유행처럼 번지고 있다. 본이 되야 할 높은 위치의 사람들이 극단적 행동을 선택한다. 유명인이 자살할 경우 대중들의 자살률이 높아진다.

 나쁜 짓을 저지르려고 할때 날 믿어주던 눈동자가 떠올라서 죽을수 없었단 얘길 들은적 있다. 눈을 감아도 눈을 떠도 그 사랑의 눈빛이 맘에서 지워질수 없었다고 한다. 진실한 사랑의 기억은 자살을 막는다고 믿는다. 우리 가족들은 말할수 없는

고통속에 살아가고 있을지 모른다.

'가족들이 알면 괴로울 거야. 내가 그런데 휘말려 있다고 실망할꺼야' 여러 생각들로 고통의 한복판에서 나의 가족들이 생사의 기로에 서있을수 있다.

가족이 자살한 남은 가족들의 다큐를 본적이 있다. 이해는 하지만 트라우마로 계속 고통당하는 남은 가족들. 자신은 고통을 끝내지만 또다른 고통을 남기고 가는 이기적인 말로인 것이다.

오죽하면 그랬을까 동정하는 무리들도 있다. 우리가 그 사정이 아닌데 뭐라 할수 있을까라고 얘기하는 무리가 있다. 하지만 가족들은 팔을 자른다고 해도 나머지 몸은 팔없이 사는 것과 같다. 그것이 가족 운명체이다.

내 가족들이 자살하지 않도록 많은 좋은 공부를 함께 하며 사랑의 눈빛을 잊지 않았음 한다. 미칠것 같은 밤 그 눈동자 하나가 가족의 생명을 지킬수 있다.

"시험 100점 맞았어요!"

"시험이 쉬웠나 보네" 그 한마디가 아이를 오늘 낭떠러지로 몰 수도 있다

"시험 100점 맞았어요!"

"역시 너는 최고라니까 파티하자!(찐한 눈빛하나)"

우린 자살로 몰고 갈수도 자살을 막을수도 있는 능력있는 언어 를 가진 사람들이다.

*자살론-자살은 사회적 요인에 의해 나타난다-프랑스 사회학 자 에밀 뒤르켕

6. 젊은 사람이 왜 이런 일 하나

유튜브에 세계에 눈뜨고 나의 관심분야인 방송들을 보고 있다 가 대리 기사의삶을 보았다. 비오는 날 한 시간 20분을 기다려 콜을 잡았다 얼굴에 번지는 기쁨. 모든 이동을 걸어서 하고 있 었다. 8시간이상 일해서 얻은 수익을 붙들고 웃는 그의 미소.

그는 회사에서 쫓겨나 대리 기사를 하는 애딸린 가장이였다.

낮과 밤이 뒤바뀐 생활중 힘든게 뭐였는지 자문자답할 때 취객이 자신에게 젊은 사람이 왜 이런일을 하냐는 질문이라 했다. 손님들은 늦은 밤 술취해 다니면서 열심히 사는 성실한 시민을 조롱한다. 그러나 이 훌륭한 시민은 그런 조롱도 불사한다 자신은 가장이니까.

가장 좋았던 점은 고맙다고 팁을 3000원 더 주고 감사하다고 말한 손님이라고 넘 좋았다고 해바라기처럼 웃었다. 늦은 밤 3000원정도 열심히 사는 시민들에게 팁으로 줄수 있는 사람들이 더 많아졌으면.나쁜 짓이 아닌 노동들은 결코 평가절하되선 안되고 그 누구도 감히 이렇게 말해선 안된다는 분노감이 든다.

술취해 운전하는 사람만 신고하는 한 대학원생. 그는 사명을 느끼며
따라가서 번호를 외워 꼭 신고한다고 한다. 왜냐면 술취해 운전해서 자신은 살고 무고한 사람들이 죽으면 안되니까. 만취 운전자가 아마츄어 마라토너 세 명을 죽였다.

대리기사님들은 우리의 소중한 생명을 지켜주는 영웅이시다. 대리 기사님들 안전 운행하세요! 브라보 기사님들의 인생을 응원합니다

7.그만 돈으로 해결해

"엄마 나 오늘 좀 힘들어 얘기좀 해야 할 것 같아"

"아들 어서 옷입어 외식하자!"

두 사람은 멋진 곳에 가서 밥도 먹고 평상시 갖고 싶은 것도 사

고 집에 돌아왔다.

"이제 기분풀렸지? 쉬어!"

"이제 돈으로 그만 좀 해결해! 난 요 며칠 숨이 잘 안쉬어지고

도저히 힘들어

못살겠다고!! 내가 원하는 건 대화야!"

"지금까지 같이 시간 보냈는데 뭘 더 얘기하니? 피곤하면 내일

학원들 못가!!!"

사람들은 작은 낯설음은 어색해 한다. 큰 낯설음은 오히려 받아

들이는데 작은 변화는 크게 저항한다. 그동안은 밥을 굶지 않으

려 열심히 일했다. 이젠 우린 굶진 않는다. 하지만 열심히 달리

느라 마음의 신음소린 듣질 못했다. 나 자신도 위로해본 적이 없

어서 남의 고통에 위로할 줄 모른다.

우리가 소중히 여기는 가치들은 이제 더이상 소중한게 아닐수 있

고 우리가 버렸던 가치들이 다시 소중한 가치가 되어 우리에게

돌아올 수도 있다. 해아래 새것은 없기에.

Chapter 5 매일이 기대되

1.나대지 마라

내가 뼈에 새기도록 듣고 자란 말이 있다

"나대지 마라"

"있는 듯 없는 듯 있다 와라"

"절대 피해주지 마라"

교육은 영향도 주지만 역효과도 나온다. 난 아버지가 돌아가셨

을 때 아무에게도 말하지 않았다. 문상을 수도없이 받았지만 내쪽 사람들은 하나도 없었다 20대초반이였던 난 그말을 하는 게 피해를 주는거라 생각했다.끝도 없는 문상객을 맞으며 난 더없이 외롭고 슬펐던 기억이 난다.

그때 이후로 난 청개구리 심리가 생겼다. 있는듯 없는 듯 살라 했는데온갖 컬러의 머리 염색에 과감한 색깔의 옷을 입고 다녔 다. 남에게 결코 밀리지 않을 개성으로 내 존재감을 알리며 나 대기 시작했다.

금발 머리까지 한 나를 엄마는 무척 놀라시는 눈치셨다.
부모가 원하는대로 살다가 제 명(?)대로 못살것 같아서 난 내 가
원하는대로 살기로 했다. 후회없이 튀기로 한 것이다. 물살의 흐름을 역행할수 없듯 타고난 고유한 성향을 거스릴순 없는 것 이다.

사람들은 나더러 생기넘치고 통통튀고 자신감이 넘치다 못해 잘난 척한다고 느끼는 경우도 있다. 겸손하라고 강요받는 환경

94

에서 어울리지 않는 옷을 입혀 살게 했다. 어릴땐 내가 입힘 당했지만 이젠 내가 싫은 옷은 집어 던지고 입고 싶은 걸 입고 살겠다.

무거운 교과서처럼 겸손을 갖고 싶어서 매고 다녔다 하지만 생기는 사라지고 위축을 얻었다. 오해 받아도 나로 살고 싶다 내 인생의 조연에서 이제 벗어난다.내 인생의 주인공은 나니까.. 나대고 살아도 된다

2.스마트폰이 없었을 때가 좋았어

뷔페로 식사를 하러 간적이 있다. 아침을 안먹고 가서 정말 배가 고파서 많이 담아서 와서 즐겁게 대화하며 식사를 하였다. 그런데 옆 테이블에 부부로 보이는 커플이 한 마디도 안하고 식사를 하고 있었다. 둘다 스마트폰을 보고 있었다. 우린 한시간 반정도 유쾌하게 식사하고 나왔는데 옆 커플은 그 시간내내 각자 스마트

폰만을 보고 있었다 그 모습이 던지는 메시지가 있었다.

그들은 스마트폰 때문에 그렇게 된 것인지 아니면 사이가 균열이 생겨 어색해서 스마트폰을 보게 된 것인지는 모르겠지만 차가운 기계가 가장 가까운 사이를 막는 것같은 슬픈 감정이 들었다. 지하철만 타더라도 모두가 하나같이 스마트폰을 들고 있다 마치 기계에 점령당한 인간들을 보는 것같아 섬찟한 마음이 들어 일부러 스마트폰을 안보고 있기도 했다.

이전에 다큐를 보다가 가난한 가정에서 돌봄을 받지 못하고 살고 있는 아이가 자신이 게임을 하거나 유튜브를 보는 이유를 설명하는 것을 듣고 마음이 아팠다.

"외로워서 하는 거예요."

그 초등학생의 말처럼 우리는 외로워서 스마트폰을 하는 건지 모른다.전에 너무 바쁘게 일정을 스마트폰으로 보며서 이동하다가 한 할아버지와 부딪쳤다. 할아버지가 외쳤다.

"모두 전화기에 미쳤어."

그 말은 한 지혜자가 외치는 소리같이 들렸다. 전화기를 내려놓고 우리가 좀더 깊이 있고 의미있고 인간적이고 아름다운 일을 할수 있음 좋겠다.

3.내 주변에 사람이 없어질 때

어떤 일을 하러 갔다 담당자가 도착을 안해서 한시간을 기다려야 한다고 했다.
'아침 9시에 왠 날벼락인가' 많은 무리들속에 내 억울함을 소리 높이고 당당히 나와버렸다. 내가 그렇게 행동하는 건 당연했다. 그 담당자가 늦은 거니까.

나는 외롭고 그들은 잘못된 일상들인데 희한하게 난 자꾸만 사람들을 잃어갔다.

'그건 내가 당연히 집고 가야 할 상황이였다구!'

그게 맞았다. 하지만 사람들은 본인이 잘못했더라도 그걸 직접 듣고 나면 껄끄러워지는 법이다. 그리고 불편해져서 신발을 슬쩍 신고 쌩 달아나 버리는 것이다.

내가 고통당하기전엔 품을 줄 몰랐다. '그쪽이 상황이 있을수도 있지 않나.'란 생각을 해본적도 없다. 그냥 보이는 상황으로만 판단하고 수위를 넘거나 선을 넘었으니 난 말을 하는 것이였다.

낮은 마음이 되고 보니 그쪽도 이유가 있을거란 생각이 든다. 게으를수 밖에 없었던 이유, 약속을 지키지 못한 이유, 답을 거의 안했던 이유들이 있을지도 모르겠단 생각이 든다. 이런 생각은 노력한다고 결심한다고 되는 건 아닌 거 같다.

몹시 구겨지는 상황들속에 어쩔수 없이 머물게 되면서 들어오는 시각이였다.

비슷한 부당한 일을 당해도 혈기로 분노로 반응하는 사람도 있고 부드러움으로 인내하는 온유한 자들도 있다.

잘 대해주면 만만히 본다, 잘해주면 권리인줄 안다, 선 밟으셨습니다! 신조어들을 만들어 내고 있지만 우리 조상들의 오랜 속담들보다 맞는건 없는 거 같다.

예전의 책들은 지식인이 쓰고 대중이 봤지만 지금의 책은 아무나 쓰고 누구도 읽지 않는다란 말이 떠오른다. 느낀대로 내뱉는 게 결코 우리가 따를 지침이 되선 안된다.

"벼는 익을수록 고개를 숙인다"
"가는 말이 고우면 오는 말도 곱다"
"심는 대로 거둔다"
 새길수록 깊은 건 아름답다

고통은 같지만 고통당하는 사람들의 반응과 자세는 전부 다르다-어거스틴

4.120만원어치 인생 경험

내 지인은 일을 하다가 실수를 해서 돈을 물어 주었다 그녀가 실망해서 정신나간 사람처럼 있었던 그 눈빛을 잊을수 없다. 하루 종일 일한 것의 임금도 당연히 못받았으니 그 피해액은 훨씬 더 컸다. 나는 당연히 그녀가 일을그만 할 줄 알았다 그런데 그녀는 멈추지 않았다. 또 실수해서 더 큰 돈을 물어주면 어쩌려고 그러냐고 했다 '그녀는 괜찮다고 했다. 비싼 수업료를 한 번 냈으니 이제 안그럴수 있을 것 같다고 했다. 나는 그녀를 보고 정말 멋있다고 생각했다 한 번 넘어진 곳을 기억하고 다시 그곳을 향해 달리고 있었다.

나역시 실패의 경험이 있다 그래서 움찔 위축되는 것이 사실이다. 다 그런게 아니라 내가 실패한 경험에 대해서 그렇다. 최근에 나는 책을 하나 냈다. 처음 나온 나의 책은 오타에 맞춤법도 틀리고 정말 부끄러움이 들게 했다. 하지만 나는 포기하지 않기로 했다 이번엔 다른 방향으로 책을 내려고 하고 있다. 내가 제일 약한 부분인 전자책이다. 그것을 하나하나 공부하고 있다 물론 기계치라서 몇 번을 들어도 이해가 잘되지 않는다 하지만 남들 두번 들을 때 나는 세번 듣거나 5번 들으면 된다. 그리고 노력해보면 된다. 비록 첫 책을 내가 8권 샀지만-열권이 팔려야 큰 서점에 입점된다.

중요한 것은 내가 해봤다는 것이다. 그리고 전혀 안해본 다른 영역에 도전해 보려고 한다

안해본 것이 창피한 것이지 하다가 넘어지고 실수한 것은 결코 부끄러운 것이 아니다. 첫 책을 내가 읽고 녹음하다가 내 첫 책에게 사과를 했다. 결코 부끄럽지 않은 책이었다. 좋은 내용이 담겨있었기 때문이다.

5.내 인생은 나의 것

내가 알던 사람이 있었다. 사람들이 그에게 옷을 잘입는다. 동안 이라고 칭찬을 해주어도 그는

"패션의 완성은 얼굴이야" 라고 말하며 열등감을 드러내곤 했다.

나이가 꽤 먹었는데도 직장도 못잡고 애인도 없었다.

그러다 우연히 그 사람의 아버지 얘길 듣게 됐다. 꼭 스카이를 가야한다고 부담을 줘서 그 사람은 4수를 했다고 한다. 나이먹어

결국 스카이를 들어갔는데 전공이 서로 조율이 안되 원하지 않은 공부를 했다고 한다.

"그 형 전형적으로 아버지때문에 인생 망친 경우잖아." 사람들이 그렇게 얘기하곤 했다. 난 그 사람이 가졌던 열등감과 그늘이 비로소 이해가 됐다.

　다른 사람의 얘길 들은 적 있다.

"우리 아들 에니메이션 한다고 해서 엄청 싸웠잖아. 근데 어떡하겠어. 죽어도 한다는데 자식이길 부모가 어딨어. 허락했지. 우리 아들 지금 30대지만 꽤 잘나가. 그때 아들이 날 이겨준게 난 고맙기만 하더라구. 내가 젊었을 때 생각이랑 나이드니 생각이 많이 달라지더라구. 주변보니 대기업도 명퇴되고
작은 가게 차리고 힘들어 하더라구. 자기가 재능있고 뜻있는 거 하게 두면 언젠가는 자기 자리 잡더라구"

내가 가르치던 중 3이 하던 말이 잊혀지지 않았다

"아빠가 빨리 대답안한다고 아침에 따귀 때리셨어요"

"...."

키가 180넘던 훈남이던 그 아이 어깨는 항상 축쳐져 있었다. 듣는 보약을 많이 못먹은 그 아인 체격은 듬직했지만 목소리는 모기소리보다 작았다.

자식은 내가 낳은 남이다.

6. 바닥에서

수업후 내려오는데 좋은 브랜드 아파트 일층에서 택배 아저씨가 바닥에 앉아 머릴 무릎에 대고 쉬고 계신다. 맘이 아팠다 얼마나 힘들면 이 추운 날씨에 바닥에 털썩 주저 앉아 쉬고 계실까. 누군가 편하기 위해 누군가는 극도의 노동을 감당하고 있다.

아직도 많은 곳에서 초라한 식사를 하고 핸드폰도 뺏긴 채 일을 하느라 사고가 나고 심장발작이 일어나도 신고를 못한채 죽어간다. 아직도 많은 노동자들은 손발을 열심히 움직이며 일을 하고 있다. 높은 사람들 자신들이 그렇게 살지 않는다고 많은 사람들이 그렇게 안사는 것이 아니다.

얼마전 지역 카페에서 왜 구질구질하게 생리대가 없는 소녀들 광고가 나오냐 보기 싫다는 글을 보고 맘이 안타까웠다. 자신은 생리대없이 살아 본적이 없어서 그 소녀들의 사연을 그렇게 표현한 것이였다. 그걸 보는 자신은 참 별로이겠지만 그 기본적 물품이 없어 집에만 있어야 하는 소녀들의 삶은 상상해보았는가. 극심한 열악함속에서 사투를 벌이는 사람들이 있는데 본인들의 넉넉한 삶으로 공감조차 못한다면 차라리 침묵해 주었으면 좋겠다.

열악한 작업 환경속에서 일하는 이웃들과 극도의 어려움속에 살아가는 우리의 이웃들이 있다.

7. 오랜만에 샤프를 샀다.

문방구에 가는 걸 좋아하는 우리 부부는 둘러보다가 샤프를 샀다

사실 난 초록색으로 사고 싶었는데 내 반쪽이 연보라색이 예쁘다

고 해서 연보라색으로 사왔다. 별거 아닌데 맘이 안좋았다. 내가

원한 색이 아니여서였다. 요즘 난 연두색을 제일 좋아하는데 그

색은 없어서 비슷한 색인 초록색으로 사려고 했던 것이다.

"나 화가 나려고 해."

"왜 그런지 얘기해주겠어?"

"난 초록색 샤프를 사려고 했는데 강요당해서 연보라로 사서."

"날 용서해주겠소?"

"응"

이렇게 샤프사건은 일단락 지어졌다.

내 삶에서 이런 일들은 꽤 많았다. 심지어 검정 코트를 사러갔다가 핫핑크를 사가지고 나온 적도 있다. 점원이 내 얼굴이 하얘서 핫핑크가 내 컬러라고 하도 강요해서 그걸 못이긴 것이다. 그 옷을 보는 내내 난 화가 났다. 그런데도 바보같이 그 점원을 이기지 못했다. 그리고 그 옷을 친구에게 선물로 주었다. 가지고 있기도 싫을 정도의 감정이 느껴졌다.

강요받는 성장배경속에서 자란 난 끝까지 내 의견을 고집하질 못했다. 그래서 이리저리 휘둘렸던 거 같다. 그래서 난 주장이 강하고 언어가 쎈사람을 친구로 갖고 싶어하질 않나보다. 그냥 그런 부류는 피하고 싶어진다. 누구나 그렇겠지만 온유한 사람과 만나고 싶다.

이제 물건을 보고 화나는 일이 없었음 좋겠다 .

106

선택의 주체가 내가 되었음한다.

7. 희망 간판

길을 걷다가 주차금지, 금연, 녹화중 쓰레기 불법투기 금지,광고지 부착시 고발조치함, 이런 글들이 적힌 걸 읽었다. 전부다 하지마라 이런 말만 적혀 있었다.

그런 글귀대신

" 웃음 환영" "행복하세요! 오늘 힘드셨지요 수고 많으셨어요."

"좋은 이웃이 계셔서 든든합니다."

"어머 당신이셨네요. 어쩐지 맘이 좋아지더라."

"오늘 잘 안풀리셨죠? 내일은 다를거라네요"하는 글귀를 적어두면 어떨까 하는 생각이 들었다. 걸어다니며 읽는 글귀들이 하나같이 부정적인 단어들이구나 하는 생각이 드니 긍정적 글이 써있는 간판을 제작해서 여기저기 세워두고 싶단 생각이 들었다.

내가 만일 자영업을 다시 시작한다면 아주 희망이 넘실대는 글귀를 유리창에 적어서 모두에게 선물처럼 그 글을 주고 싶다.

"오늘 좋은 일이 있을 것같아요. 당신이 제게 눈부신 미소를 주
셨으니까요. 고마워요"

8. 마음에 남는 사람

인생길에서 마음에 오래 기억에 나는 사람이 있다.내게 그녀는
그런 사람이다. 내 기억에 오래 머무는 사람...

그렇게 오래 머물렀던 건 그녀의 따뜻한 행동 때문이다. 내가
밤수업을 할 때 누군가 똑똑 문을 두둘겼다. 누군가 보니 밑에
서 수학 학원을 하던 선생님이였다. 그녀는 내게 튀김을 주고
갔다. 저녁 못먹고 수업하는 것을 알고 간식을 주고 간 것이였
다. 작은 행동이지만 정말 감동했다. 비슷한 일화는 셀수없이
많았다. 난 아마 죽을 때까지 그녀와의 우정을 아름답게 기억
할 것 같다.

그런데 그녀를 아름답게 기억하는 또 다른 이유가 있다. 그녀는 언어로 상처를 준적이 없이 언어가 좋았다. 그래서 순한 그녀를 좋아했던 것 같다 .마음에 남았던 건 그녀의 온정이였다.

다른 그녀는 내게 적극적이였고 두명의 과외도 소개해주고 밥도 사주고 칭찬도 내게 많이 해줬다. 그런데 이런 말을 했다. 다음부턴 소개해주고 보답을 받고 싶다고 했고 계좌가 편하다고 했다. 그녀는 사람 모아오는 재주가 있었다. 하지만 난 친구가 사업가로 변하는 게 싫어서 내 힘으로 하겠으니 소개안하셔도 된다고 했다. 지금 그녀는 내 마음에 남는 기억이 없다. 단지 불편함만이 머리에 남아있다.

우리 모두 누군가에게 머리에 남을수도 마음에 남을수도 있다 . 그래도 이왕이면 마음에 남는 사람으로 살아가고 싶다.

9. 이젠 감이다

난 평생 감을 싫어했다 왜 싫어했는지는 모르겠다. 암튼 싫어했고 그래서 안먹고 안먹다 보니 못먹는다고 생각해서 학부모님들이 주시면 못먹습니다 하고 거절하고 안받아오기도 했다.

그런데 내 반쪽이 감을 좋아하고 귤은 싫어해서 감을 준비해주며 귀퉁이 못난이를 먹다보니 맛있는거 아닌가. 아 맛보지도 않고 그냥 싫어했던 거네. 저런 그러고 보니 시도도 안해보고 싫어하거나 못한다고 느낀게 많았다. 특히 기계가 그렇다 막연히 기계가 힘들고 두려운 나는 노트북이 그렇게 싫었다. 반쪽이 노트북을 딱 구해서 내 책상에 뒀다. 더 글을 즐겁게 쓰라나...한번도 안켜보고 팔았다. 지독하게 기계를 싫어하는 고집.

지금은 새로운 노트북을 일년전 사두어서 어쩔수없이 시작한 화상 수업. 일년만에 5명이 되었다. 대면수업보다 내 적성에 맞는다. 나랑 의논없이 무대책으로 사다놔서 화를 엄청 냈는데 왠걸 내게 큰 기쁨을 주고 있다. 반쪽은 내가 당연히 거절할 것 같아 질렀다고 했다. 하지만 시대가 이러니 온라인 세상으로 갈 걸 준비해야한다고 생각했다고 했다. 그의 큰 그림.

평생 귤만 좋아했는데 이젠 감이다. 다른 걸 먹어도 되고 다른 시도를 해봐도 색다른 기쁨이 숨겨있다. 싫어하던 것에 도전해보라 블루오션이 펼쳐진다.

10. 그건 언니 생각이야?

몇 달만에 아는 언니를 만났다. 난 코로나때문에 밖에서 식사를 못하고 있다. 그런데 언니는 멀리서 와주어서 식사를 꼭 하고 가야 해서 식당에서 언니는 식사를 하고 난 앉아서 기다리고 있었다. 언니가 뉴스에 나온 기사를 보고 00는 이런 사람인데 하는 말을 하길레 깜짝 놀래서

"어떻게 그렇게 생각하게 됐어?"

"OO만 봐도 다 알수 있어!!!"

"그건 어떤 방송에서 누군가가 한말이지?"

"응"

"누군가가 한 말 말고 언니가 직접 그 사람 얘길 한번이라도

잘 끝까지 듣고 판단해본적 있어?"

"아니"

"그럼 그건 그 방송을 전한 사람의 생각에 세뇌당한거네. 언니

그런 거 무서운거야. 내가 알기로 그 사람 그런 사람아니야. 난

그 사람 관심이 많아서 나올 때마다 말하는거 오래 들어왔는데

한가지 빼곤 아니다고 느낀 적

나는 없었어. 언니가 한번이라도 끝까지 그 사람의 얘길 잘 들

어봐. 그 사람에 대한 평가하는 말 듣지 말고"

아이들중에도 이상한 가치관을 툭 던질 때가 있는데 그러면 꼭

집고 간다

"그 생각 어떻게 하게 됐어?"

"학교 선생님이 얘기해줬어요."

"그건 진리가 아니야 그 선생님 한 사람의 생각일뿐이야! 그리

고 옳은 것 같진 않아. 네 가치관이 되기 전에 이게 옳은 건지 아닌지 반드시 비판하고 내것으로 만들어야 해. 필터가 언제나 필요하고 네 주변의 어른의 생각이 항상 옳은 건 아니다는 걸 알아야한다. 물론 나도 틀릴수 있다."

어느 순간 자기 스스로 판단하는 법을 우린 잃어버린 것 같다. 주입식 교육의 폐해는 단지 아이들에게만 있는 건 아닌거 같다. 주입식 교육으로 대학은 명문대를 갔더라도 그 사람은 백세까지 자기 주도적 생각으로 살아야 한다. 선택지없는 인생의 망망바다에 아이들은 서야 한다.

11.우리 집엔 다 있다!

코로나전엔 내가 이렇게까지 집순이인줄 몰랐다. 밖은 위험하기에 장보러가는거나 방문 수업,책 빌리러 가기, 병원가기외엔 나가질 않는다.

집에 있고 싶어서 방문하는 이동수업도 많이 그만 두었고 수업들도 계속 거절하고 있다. 집에서 하는 수업이 더 좋다. 더 많이 집수업으로 바꾸고 싶다. 컴퓨터안에서 아이들은 입을 가득 벌리며 발음하며 수업을 한다. 마스크쓰고 둔탁한 발음을 할 필요가 없다. 90도로 모니터안에서 인사하는 사랑스런 아이도 있다.

나는 집에서 요리하는게 즐겁다. 매번 비슷한 요리를 하지만 뭔가를 만든다는 창조가 기쁘다. 난 집에서 책읽는게 즐겁다. 새로 알아가는 기쁨이 너무 크다.난 집에서 시사나, 강연과 다큐를 보는 게 흥미롭다 새롭게 알게 된 세상에 놀라고 슬프기도 하지만 알아야 기도할 수 있기 때문이다.

난 집에서 만들기 하는게 너무 즐겁다 최근엔 옷만들기랑 에코백만들기, 보드 만들기를 많이 했다. 바느질하며 주로 말씀을 영어로 외우는데 영어 실력도 좋아지고 맘이 단단해지는 기분이다. 손과 눈이 집중하니 이때 귀로 좋은 강연을 많이 듣는데 내면이 살찌는 기분이다.

난 집에서 공부한다 그래서 매일 조금씩 성장한다.난 집에서

기도하고 말씀을 읽는다. 내 내면은 행복으로 가득찬다. 행복은 사람이나 환경,물질에서 오는 게 아니라 우릴 만드신 창조주께서 주시는 것이다. 정신과가 필요없고 더 많은 인간 관계가 필요없다.

난 글쓰는게 너무 좋다. 시도때도 없이 글을 쓴다.새벽도 낮에도 심지어 설거지하다가도 영감이 떠오르면 고무장갑을 빠르게 벗고 글을 쓴다. 스마트폰은 내가 언제든 글쓸수 있게 만들어 준 고마운 친구다.

집엔 나랑 놀아주는 친구도 있다. 내 남편이다 하루종일 있었던 것들 깨달은 것들을 다 들려준다 그래서 내 귀는 즐거워진다. 난 집에있는게 좋아서 결혼해서 친구를 집에 둔거 같다. 내 친구는 나랑 밥도 같이 먹고 장도 같이 보고 예배도 같이 드리고 영화도 같이 보고 요리도 같이 하고 간식도 같이 나눠 먹고 커피도 같이 마신다.

유행병이 돌때 더 돌아다니기 위해 백신을 맞기 보다 집에서 행복한 습관을 들이면 어떨까.원래 집에 있기 좋아한 거 아니

115

냐구요? 아뇨! 예전에 전 집은 잠자고 나가는 곳이였답니다.

난 집이 놀이동산보다 재밌고 대학보다 유익하고 맛집보다 음식이 맛있고 병원보다 날 건강하게 지켜주는 곳이다.

12.배추는 숨이 죽어야 김치가 된다.

내 반쪽이 꼭 보여주고 싶은 드라마가 있다고 해서 보는데
"어때 너무 멋있지 않아?"라고 묻는데 난
"아니 하나도 멋있지 않아!"
"아니 왜?"
"너무 자신감이 넘치고 언어가 거칠어 그래서 싫어!"

우리 부부는 취향도 관심사도 입맛도 생활습관도 너무 다르다.
반쪽은 9시면 졸려하는데 난 9시에 왕성한 에너지가싶은 걸 싫어도 참고 같이 봐준다 그럼 다른 한명이 공유하고자 하는 것도 나머지 한명이 봐야 한다.

반쪽이 보여준 건 의학 드라마였다. 이전보다 너무나 잘생겨진 배우가 멋진 실력으로 얘기하는 스토리였다 멋있어 보였다.

내가 보여준 건 이국종 교수가 시위대에게 공격당하는데 자신은 의사 아니예요. 노가다하는 사람이고 늘 욕먹는게 일이예요 라고 말하며 자기를 욕하며 시위하는 사람에게 선생님이라고 부르니 시위자가 두손을 모으고 공손히 서있었다. 그의 겸손은 주변을 이미 장악하고 있었다.

비록 배우지만 사람들을 자신의 밑에 있는 사람처럼 막말로 대하며 실력을 뽐내는 사람보단, 뛰어난 실력을 감추고 자신을 비하하는 사람도 존중하는 사람이 더욱 크고 멋져 보였다.

숨이 죽지 못한 배추는 김치가 아니다. 맛이 없기에 사랑을 받지 못한다. 사람의 깊이는 그가 얼마나 겸손한지 남을 얼마나 배려하며 잘 대해주는지에 따라 결정된다고 생각된다.

#understand 이해한단 말은 내려가서 서야 소통이 된다는 뜻

117

이다. 누군가랑 소통이 안된다면 내려가야 한단 걸 의미한다.

13, 우리 동네 닭발집 청년

우리 동네 OO집이 있는지 지난 5년간 몰랐다.그런데 내 반쪽이 "여기 닭발집좀 봐" 라고 해서 보게 되었다. 그는 힘이 하나도 없어 보이고 어깨에 힘이 쭉 빠져 보였다. 손님은 하나도 없었다. 아직 맛으로 승부할 시작도 못해본 거 같았다. 이미 세상은 시작부터 불평등하단 걸 우리 모두 잘 알고 있다.

길을 걷다 보면 OOO이 세상을 지배한 거 같아 섬찟하다 식당에도 그의 얼굴, 커피숍에도 그의 얼굴,편의점에도 그의 얼굴... 물론 그가 유능해서 일 것이다. 하지만 유능한 사람이 다 가져가게 해선 안되지 않을까.

반에서 공부잘하는 애가 있다고 해서 그가 반장, 미화반장, 급식 반장, 숙제반장 다해선 안된다. 분명 균등히 나눠주어 한 사람이 좋은 걸 독차지하지 않게 막는게 좋은 선생님의 역할일 것이다.

잘되는 데를 왜 광고해주고 후기를 써주는지 이해가 안된다. 잘팔리는 먹거리 후기를 끊임없이 올려주는 이유가 뭘까. 모종의 거래가 있나보다 하는 생각만 들뿐이다.

내가 광고를 해주는 조건이 있다. 맛이나 실력이 좋다, 가격도 좋다, 인격도 좋다, 단 광고를 잘 못하거나 목이 안좋아서 아직 감추어져 있다. 그런 곳을 알려주려고 한다. 때론 목이 좋지만 넘 친절해서 감동받아 올려주기도 한다.

목이 아주 좋은 곳에 전기구이 닭이 가게를 오픈했다. 열 명도 넘게 그 가게앞에 서있었다 그런데 내 반쪽은 결코 광고를 안해준다. 그 이유를 물어보니 날 어딘가로 데려간다. 어두운 곳에 트럭에서 전기구이닭을 성실한 얼굴로 돌리는 우리 이웃이 있었다. 손님은 거의 없었다. 눈에 띄지 않기 때문이다.

모두가 잘 가는 곳, 많이 팔리는 곳을 알려준다면 감춰진 곳은 더 영세해질 뿐이다. 잘되는 곳은 오히려 광고를 막아야 한다.

난 잘되는 건 아니지만 원정은 결코 가지 않는다. 그쪽 파이는 그쪽 지역이 가져가길 바라기 때문이다. 기본적인 것도 없어서 목숨을 끊은 세모녀 이야기가 떠오른다.

당신이 협찬받고 광고를 해줄때 가진 자는 더 부유해지고 없는 자는 더 약해진다.

14. 최선을 다해서 막기

내가 알던 동생이 있었다. 그녀는 정말 착하고 성품이 좋았고 사랑스러웠다 난 그녀를 참 좋아했다. 그녀를 얼마나 아꼈으면 그녀가 내 목걸이가 너무 예쁘단 말 한마디에 목걸이를 벗어서 그녀의 목에 걸어주었다. 내가 가진 유일한 금이였다. 난 그녀의 가느다란 목에 걸린 내 목걸이를 볼때 내가 한것보다 기쁠 만큼 그녀를 동생처럼 아꼈다.

그녀는 참 똑똑했고 야무지고 경우 바른 흠잡을데 없는 사람이였는데 그녀의 아버지는 전혀 딴판이였다. 폭력 폭언을 하는 아버지로서 최악이였다.

그래서 난 그녀가 그 가정에서 빨리 벗어날 수 있게 좋은 남자를 만나길 바랬다. 그러던 그녀가 자기 남자친구라고 보여주는데 자기 아버지보다 더 두배이상 난폭한 남자를 데려온게 아닌가. 나랑 있을 때 전화 받음 계속 거짓말을 하며 쩔쩔 맸는데 남편도 아닌 남자친구에게 그러는걸 보고 너무 맘이 아파서 내가 만날때마다 그앤 아니다라고 귀에 못이 박히도록 반대하고 직접 말하고 돌려 말하고 비유로 말하고 정말 뜯어 말렸는데 결국 자기 아버지같은 남자랑 결혼을 해버렸다.

그때 참 맘이 아팠다. 고통속으로 스스로 들어가는 것 같았기 때문이다. 학습된 무기력은 계속 고통을 당하면서도 그 상황을 못벗어나게 하는것 같았다. 그렇게 사랑스럽던 그녀가 어떤 인생을 살지 모르지만 안타깝다.

우린 흔히 뭔가에 그땐 씌였었다 이런 말을 하곤 한다 아무 소리도 안들리고 안보이고 잘못된 길로 가는 것이다.

어둠의 사슬은 오직 도와주시는 능력으로만 끊는게 가능하다고 생각이 된다. 사람은 압도된 암흑의 힘에 이끌려 고통속으로

121

스스로 들어가는 연약한 존재들이다.

#선택(choice)이란 단어안에 얼음(ice)이 있는건 냉철한 판단을
하란 의미이다. 선택은 삶과 죽음을 결정한다

15. 해줄 사람이 없으면..

　무선 청소기가 있다. 그런데 먼지가 쌓인 통을 빼서 비우고
끼우려면 도저히 되질 않아서 남편에게 항상 부탁했다. 충전도
시키는 법을 도저히 모르겠어서 남편이 사소한 이 과정을 못해
주면 청소를 할수가 없었다. 오늘 남편이 나가기전 꼭 통을 끼
워달라 부탁했는데 그는 바빠서 그냥 나가고 말았다. 오늘 수
업이 좀 적어서 꼭 청소를 하고 싶었는데 어떡하나 하다가 혼
자 이리 돌리고 저리 돌리고 하다가 겨우 끼어 넣고 청소기를
이리 저리 돌리다 결국 충전도 했다.

별거 아니지만 기계치인 나에겐 굉장히 성취감을 느끼게 했다.
이 작은 성공이 내게 또 다른 작은 성공을 가져올 거라 믿어졌
다.
　여대를 나온 우린 행사를 할때 모든 걸 여자들인 우리 힘으로

해야해서 독립적이 될 때가 많다. 무대세팅에 의자 옮기는 것까지 다 우리가 해야 하기 때문이다. 그런데 공학나온 친구들은 아무래도 학교에 남자들이 있으니 의지하는 걸 보았다. 정말 도와줄 사람이 없으면 스스로 헤쳐나가게 되있다. 작은 성취는 도미노처럼 또 다른 성취를 이끌 도전을 자석처럼 당겨온다. 얼마전 난 드라마작가 공모전에 참여했다. 지금은 미니 소설을 쓰고 있다.나의 작은 도전들은 계속 된다.

16. 크리스마스땐 사랑하는 사람과 있고 싶어요

난 이전의 직장을 퇴사하고 더 좋은 직장에 면접을 봐서 들어가기로 했는데 취업이 되었다는 말을 듣고 며칠 지나서 안되었단 연락을 받아서 이유를 물어보니 전 직장에서 평판이 나빴다고 말을 들은 것이 이유라고 했다. 오른 팔처럼 해주고 나온 직장이 그렇게 얘기해서 무척 화가 났었다.

그런데 크리스마스에 그 직장을 다녀오라고 내 주변에서 얘기하는 거 아닌가.난 싫다고 했다 크리스마스땐 사랑하는 사람들과 있고 싶다고 그러자 그 사람들은 말했다. 사랑하는 사람과 아닌 사람을 구분짓고 살 것인가.

그래서 난 회개하고 화분을 사가지고 전 직장을 찾아갔다.

전 직장 리더는 막 웃으며 화분을 받고 따뜻히 차를 주셨다. 도저히 그렇게 말했을거라 상상이 안되었다.

내가 왜 그렇게 말씀을 하셨는지 묻자 그녀는 얘길했다. 내가 공부는 안가르치고 예수님을 가르쳤단 소문이 돌았다고 했다. 그래서 내가 답을 했다. 한달에 5권씩 되는 교재를 안가르쳤다면 과연 교재가 어떻게 다 써져 있겠으며 빈칸들이 있음 컴플레인을 안받았겠냐구 하자 자신이 오해하신 걸 인정하셨다. 그리고 우리는 웃으며 헤어졌다.

그때 난 많은 걸 배웠다. 크리스마스는 사랑하는 사람과의 좋은 시간만이 아니라 맘속에 미움을 사랑과 감사로 지워가야 한다는 걸 말이다.
 메리 크리스마스는 파티나 선물이 아닌 이웃을 향한 사랑과 감사의 실천이다.

Chapter 6. 우울하면 어때서?

1. 친구는 안중요해요.

내겐 오른 팔같은 친구가 있었다. 그녀는 자신이 받은 좋은 물건은 날 주었다. 그리고 자신의 어려움을 울면서 얘기했고 난 그걸 품어주며 괴로워하곤 했고 그녀역시 내 고통을 자신의 일처럼 생각해주곤 했다. 난 그녀를 내 자신처럼 사랑했다.

그러다 그녀의 가정의 비지니스를 직접 돕는 일이 생기면서 그녀의 가족들을 더 신뢰하며 내 말을 불신하는 일이 생기며 균열이 생기던 우정은 그렇게 깨져갔다. 맘으로 존경하던 그녀는 더이상 존경의 대상이 아니였고 내 인생의 10년의 암흑기는 그 친구때문에 걷게 되었다.

난 친구가 편하고 좋아서 사귀는 존재보단 내가 존경할수 있는 사람을 좋아했다. 또 다른 친구도 내겐 그런 사람이였다. 존경할만한 사람.. 그러던 그녀도 세월이 지나며 변질되어 갔다. 그

녀가 추천한 작가의 책들을 다 사서 읽고 외울만큼 좋아했는데
그녀는 그 작가의 이름도 기억을 못했다. 내 인생에 좋은 등대
가 되어주었던 밝은 빛같던 친구는 자신의 삶에선 빛을 잃어갔
다. 그녀의 잘못된 선택에 반대하며 나무라기도 하며 말다툼을
벌이다가 그녀는 떠나갔고 십 년이 지나 우연히 만난 그녀는
내가 사랑했던 모습이 조금도 남아있지 않은 전혀 낯선 사람이
되어 있었다. 10년이 지나면 강산만 변하는 게 아니라 사람도
마치 다시 태어난 사람처럼 타인이 되있는 것에 적잖이 놀랐다.

친구때문에 뜨거운 눈물을 여러번 흘려보면서 친구는 떡볶이보
다 의리가 없단 생각이 든다. 떡볶이도 우울한 시간들을 위로
해주는데 친구는 그 정도의 위로의 용량도 갖지 못하니 말이다.

인터넷상에서도 몇 년간 깨알 댓글로 우정을 나누던 친구가 어
느 순간 뚝 연락을 끊길레 궁금해서 찾아가보니 베스트셀러 작
가가 되있었다. 작가가 꿈인 내게 어떤 팁도 주지 않고 혼자만
성공해서 누리고 있었다.
희비애락을 그녀와 나누던 시간들이 공허해졌다.

126

친구 예찬론자들이 이땅에 있겠지만 반백살의 내 인생에 친구들은 자신의 이기심을 넘는 존재는 아니였다.

2. 우울한 날 연두색 펜을 샀다.

난 아주 오랫동안 노란색만 열렬히 사랑했다. 항상 노랑색이 진짜 좋았다. 길을 가다가도 노랑색이 보이면 고개가 절로 돌아갔다. 기분마저 좋아지고 행복해지기 시작했다. 마치 어린왕자가 밀밭을 보면 여우를 떠올리며 좋아하듯 나역시 노랑을 좋아했다. 길가다 노란색 차가 보이기라도 하면 "찰칵" 노란 색 꽃이 보여도 찰칵하고 요란스레 사진을 찍어대며 나의 팬심을 드러내곤 하였다.

그런 내가!!! 이제 취향이 바뀌었으니 그건 연두색이다. 연두색을 좋아하게 된 건 우연히 걷기 대회에 참석해서 연두색 티셔츠를 받게 되면서 부터인데 너무나 풋풋하고 사랑스럽기 그지없었다. 내가 제일 사랑하는 책에서 좋은 구절을 밑줄 칠 때 난 항상 노란색이였는데 이젠 미안! 연두색을 사용하기 시작했다. 노란 색보다 약간은 톤다운된 것이 우울해보이기도 하고 무난해보이기 했다.밝고 반짝거리며 튀던 노란 색보다 연두색은 좀더 아픔을 품은 멍처럼 빛깔이 성숙해 보이고 품위있어 보인다.심지어 식탁도 노랑색에 옷이며 가방이며 잠옷에 머리까지 금발로 했던 내게 이제 노랑보다 연두색이 다가왔다.

사람은 항상 변해간다. 새로운 나와 만나고 새로운 취향과 만나니 좋다. 우울한 날 나는 연두색펜을 샀다. 불도 들어오는 아주 상큼한 아이이다.

3. 힘든 하루

누구나 유독 더 힘든 날이 있죠. 오늘이 바로 그런 날일수 있어요. 마음을 풀려고 해도 좀처럼 풀리지 않을 때가 있죠. 죽을 상을 하고 집에 왔을수도 있어요. 속상하면 먹기도 싫어야 하는데 속절없이 입맛만 좋네요. 살은 찌기만 하고 빠질줄 모르니 조금더 거울이 날 우울하게 하네요.

이미 나이가 이쁠 나이도 아니지만 거리의 사람들이 나만빼고 다 이쁘네요. 오늘따라 나 왜이리 촌티패션인거예요?

바람도 시원하고 하늘도 파란데 기분이 나아지지 않을 때가 있죠? 남들이 힘들 때 따뜻하게 대해준 것 같은데 오늘 내겐 따뜻한 말하나 도착되는게 없네요. 휙휙 비밀 일기장을 폈어요 이 구절 뭔가요? 갑자기 주루룩 흐르는 이 눈물. 하필 이렇게 큰 위로를 해주는 나의 비밀 일기장.

오늘도 흐르는 속뜻을 잊었군요. 겉으로만 보고 있었어요. 바보처럼 깨달았음 반복하면 안되는데 왠일이예요 맨날 반복하는거 있죠? 이 문장을 읽고 읽고 또 읽다 보니 맘에서 아주 맑은 소리가 들려요.개울 소리같기도 하고 코스모스옆을 스치는 바람소리 같기도 해요.

살다보면 유독 힘들 때가 있죠. 우울해서 사간 떡볶이도 기분을 좋게 만들어 주는데 이렇게 적지 않은 세월 살아왔는데 따뜻한 말 한마디 건네주는 사람없이 외로운 그런 날이 있죠?

그때 이렇게 말해줘요. 잊어버려! 오늘 일에 비교할수 없는 그런 일들이 내게 일어날 거라구! 눈물을 닦아요 되는 게 없는 날이 있죠? 다 엉켜버린 것 같은 날 실타래가 다 엉켜 도데체 어디서부터 풀어야할지 모르겠는 그런 날

화나서 속으로 묵상하던 못된 언어들을 버려요! 당신이 이 세상에 존재하는 아주 특별한 이유가 있답니다. 그건 사랑받기 위해서예요. 조금만 기다려요. 고귀한 사랑들이 도착할 때까지. 갑자기 노래가 부르고 있네요.

#현명한 사람은 고난이나 역경의 바닥에 흐르는 의미를 발견해낼 줄 안다.눈에 보이는 것에 좌우되지 않고 그 밑에 숨겨진 것을 알아 차릴수 있으면 저주든 고난이든 그 어떤 것이고 우릴 좌절 시킬수 없다.

4. 내 마음에 비가 온다

내가 가진 삶속의 작은 실천이 있는데 그건 미운 놈에게 떡하나 더 주기다.힘든 사람이 있으면 더 잘해주고 선물도 준다 더 사랑을 흘려 보내준다.그것에 대한 감사나 친절이 보답으로 오면 좋

겠지만 그렇지 않아도 내 맘의 미움은 그 작은 실천으로 희석된 기분이다.

미운 사람이 생각날 땐 난 내 노트에 적어둔 예쁜 글들을 읽는다 이기적이고 매너없고 어이없는 행동들속에 지친 내맘은 힐링 타임을 갖는다.

"가진 것을 줘보자. 받은 사람은 돌려주게 되있고 그 과정에 쌓이는 우정은 덤이다"

"매일 이를 닦듯 방을 쓸듯 작은 사랑을 실천하자"

"관계의 어려움을 통과한 사람은 날아오를 수 있다."

"스스로 변화를 원하지 않으면 아무것도 변화시킬수 없다."

"독서는 세파에 찌든 마음을 정화하는 최고의 수단이자 가장 효과적인 치료다."

"트라우마는 단기적 불안과 우울을 겪게 하지만 마음의 탄성으로 견디어 내면 성장으로 이끈다."

"우리가 할수 있는 최선을 다할 때 우리 혹은 타인의 삶에 어떤

기적이 나타날지 아무도 모른다."

"기부나 봉사를 하는 사람은 행복하다."

"인생은 겸손에 대한 오랜 수업이다.

Life is a long lesson in

in humility"

"성급한 지름길은 가난으로 이끈다"

Hasty shortcuts lead to poverty"

읽다보니 눈물이 또르르 구른다. 그리고 맘에서 상큼한 바람이

분다 아 갑자기 살아있음에 감사하다. 이유없이 감사하다 모든

게 감사하다.

5. 딩신들은 왜 우울하지 않지?

오늘 외국인들과 함께 저녁을 먹었다. 외국인을 좋아하는 나는 방글라데시인에게 물었다.

"왜 방글라데시인은 다 즐거워요? 한국인들은 전반적으로 우울해 보이거든요."
"우린 별로 부자가 아니예요."
"부자가 아니면 행복한 거예요? 저도 부자는 아닌데 늘 행복한 건 아닌데요."
"전 요리를 꽤 잘해요. 그런데 내가 한 맛난 음식을 내가 먹는 거 보다 남들이 먹는걸 보는게 즐거워요." 그는 동문서답같은 대답을 하며 아빠 미소로 우릴 쳐다보고 있었다. 하지만 뭔진 알것 같았다.

"전 일주일중 하루 햇빛을 보는 거 같아요." 인도사람이 얘기했다
"왜요?"

133

"아내가 학교 다니기 위해 한국에 왔는데 난 어딜 가야할지 뭘 해야 할지 모르겠어서 늘 집에 있어요."

우리 모두는 매우 슬펐다. 아빠 미소 방글라데시인은 내일 직장을 소개해주는데 가서 그의 직업도 알아봐주겠다고 했다. 그러면서 바로 번호를 받아갔다. 놀랍게도 둘이는 오늘 처음 만난 거였다. 남의 어려움에 진실되게 도와주려고 하였다.

함께 한 한국인은 주중 그의 집에 방문해서 한국어를 배울 만한 곳을 알아보자고 하였다. 맛있는 과일쥬스를 필리핀인에게 자꾸 마시라고 양보하였다 왜 안드시냐구 물으니 나누고 싶어서랜다. 그리고 다섯 명의 식사비를 몰래 계산하였다.

나도 착한 척하려고 두시간 가까이 서핑을 하며 여기저기 전화를 해보았다 그리고 내 영국 친구를 소개해주었다.

그때 식사중 했던 한 한국인의 말이 뭉클했다.
"당신은 혼자가 아니예요 우리가 가족이 되줄께요."

내 인생 잊지못할 최고의 저녁 식사였다. 그곳엔 사랑이 있었다. 사랑하는 자는 우울하지 않다는 것을 느끼는 시간이였다.

6. 속물 사회

난 인터넷상 불편한게 있는데 그건 인터넷 집들이다. 안방은 이렇게 부엌은 어쩌고 온갖 고급으로 만들어진 집 그걸 왜 공개적으로 드러낼까. 개인 SNS에 올려도 될텐데 말이다.
"우리 아빠 사장이고요, 우리 엄마는공무원이고요 우리 할아버지 교수였대요!" 입만 열면 자랑하던 아이가 생각난다.

SNS우울증을 나도 겪은 적 있다.고단한 삶의 부분으로 힘이 들어 의욕상실로 여기저기를 돌아다니며 글을 읽다가 집자랑, 금자랑 돈자랑을 보았다. 갑자기 기분이 훅 꺼지는 기분이 들었다,

그때 이후 난 자랑할 것도 없지만 자랑글은 올리지 말아야지 하는 생각을 했다. 먹은 것 올려도 만원 이상의 먹거리는 올리지 않았다아주 소박하고 누구나 지갑 가벼워도 먹을 수 있는 것만 올렸다.

누구는 단수되기도 하고 누구는 온수가 안나오기도 하고 누구

는 집에 물이 새기도 하고 누구는 화장실에 불도 안들어 온다.
쪽방촌 자원봉사 다닐 때 도배와 전기 공사를 해줬는데 할머니
랑 사는 아이의 집 화장실에 불이 안들어왔다. 우리 팀이 공사
해주자 아이의 했던 말이 감격스러웠다.
"와 이제 화장실에 불이 들어오는거야? 밤에 이젠 안무섭겠
다!!"

어떤 커비숍은 커피값을 두배로 낸다.쪽지와 함께 커피값을 내
면 누군가 돈은 없는데 커피가 마시고 싶은 사람이 힘내란 글
과 함께 위로 커피 한잔을 마신다. 돈이란 이렇게 써야 하는
거 아닌가. 세상엔 자랑하고 나눌줄 모르며 남을 우울의 나락
에 떨어뜨리는 사람들이 넘쳐난다.

다이어트가 아니라 돈이 없어서 삼겹살 굽는 영상을 보며 라면
먹는 사람들도 이 세상엔 살아가고 있다.

136

7. 기스 사과

난 사과는 꼭 기스 사과를 산다. 싸기 때문이고 맛도 좋기 때문이다.사자마자 바로 흠집난 것은 잘라 버리고 껍질채 잘라서 보관해 둔다.사과는 상한 부분을 두면 그것이 성한 것까지 파고 들어서 못쓰게 된다.그래서 사오면 바로 정리를 해둔다.

흠집을 자르며 실패에 대한 생각이 들었다. 요근래 난 몇 차례의 실패를 경험했다. 퍽이나 위축된 상태에서 새일을 진행하려니 예전과 다르게 여간 조심하는게 아니다. 실패의 기억이 떠오르기 때문이다. 그리고 똑같은 실수를 하지 않으려고 무척 노력했다.

흠집 사과를 보면 그것이 사과 전체의 값을 무척 낮춰 버린다. 마치 실패도 그런 것 같다. 하지만 흠집만 잘라내면 흠집 사과는
여느 사과보다 훨씬 당도높은 맛있는 사과이다. 많은 사람이 흠집사과를 사지 않아 그것이 맛있는지 모르는것 같다.

흠집난 인생도 마찬가지다. 그 부분을 도려내면 훨씬 멋진 인생으로 설수 있다. 실패도 스펙이다. 실패가 많은 사람일수록 실수를 훨씬 더 줄일 수 있다.

흠집만 보고 우울하고 낙망되 있었다. 하지만 그걸 도려내고 나면 여느 사과보다 더 맛있어서 더 잘 사용될 수 있듯 흠집으로 얼룩진 인생들도 그것의 기억으로 더 주의해간다면 성공가

도의 사람들보다 높이 점핑해갈수 있을 것이다.

실패 스펙에 대해선 나도 전문가 수준이다.

8. 나의 SNS역사

카스를 했다 친구의 친구들이 내 카스를 보다가 내 친구가 되고 싶다고 요청이 들어왔고 심지어 만나기까지 했다. 한 그녀는 나보다 훨씬 부유했고 여러 부분이 나보다 나은게 많은 조건이였는데도 심한 우울증을 앓고 있었다. 그녀가 날 찾아온 이유는 열악한 환경에서도 어떻게 행복하게 사는가가 궁금해서였다. 오래 그녀를 위해 기도했고 일주일에 한번씩 전화를 해줬다. 그녀가 혹시라도 나쁜 생각을 할까 걱정이 돼서였다.

모르는 사람들이 내 인생에 자꾸 들어와서 카스를 그만 두었다.

페이스북을 했다. 옛날에 알던 사람들이 날 찾았다. 8년 전 알던 그녀를 만났다 .그녀는 내가 알던 순수한 그녀

138

는 아니였다. 일년정도 동행하다 멀어졌다.

난 그녀가 날 찾기 전의 옛날의 그녀로 기억났던 게 좋았단 생각을 한다. 과거의 사람들이 또 내 삶에 **출현했**다. 페이스북을 그만 두었다.

한 지역 카페에 글을 썼다 두명정도의 사람들이 만나잔 요청이 들어와서 그들은 여기저기 나를 데리고 다니고 싶어했지만 난 그런 것이 별로 즐겁지 않았다. 난 그 지역 카페 활동을 멈췄다.

블로그를 한지 5년 되었다. 세 명정도를 실제로 만났다. 글의 느낌과 사람들은 달랐다. 내 글을 보고 한분이 6년째 나에게 연락이 오는 분이 계시다. 그리고 한번 만났고 내 결혼 주례도 해주셨다.

댓글을 달다가 한 사람과는 친구가 되어 잘 지내다가 멀어졌다.지역 카페에서 알게 된 사람은 알고보니 대학 후

배였고 좋은 만남을 가졌다. 한 사이트에 글을 올리다가 내 글을 보고 관심을 갖게 되신 분이 바로 내 반쪽님이시다.

SNS를 하는 사람은 우울하다고 이 글에선 얘기하고 있지만 나는 좋은 점과 나쁜 점을 다 느낀것 같다. SNS는 불과 같다. 자신을 다 태워 망해 버릴수도 또 내 자신을 밝히는 빛이 되줄 수도 있다.

9. 아침에 만난 두가지의 길

아침에 길을 걸었다. 늘 다니던 포장도로엔 사람들이 많았다. 자전거도 많이 지나갔고 시끄러웠다. 가긴 쉽고 편했지만 깊은 생각을 하긴 어려웠다.

다른 쪽 길을 걸었다. 비포장도로.. 돌도 밟히고 흙도 많이 묻고 흙먼지도 날렸다.그치만 사람들이 정말 적었고 아주 조용했고 나무들은 정말 아름다웠다.깊고 멋진 생각들이 가득 채워지고 있었다.

사람들은 대부분 굉장히 비슷한 길을 간다. 쉬워보이고 편해보이는 길, 하지만 그곳은 얕고 시끄럽고 의미가 없는것 같다.

아주 드문 길들이 있다. 거칠고 비좁고 울퉁불퉁한 길. 힘들고 어렵고 외롭다.그치만 그길만이 주는 특유의 기쁨이 있고 의미가 있다. 내 인생에서 이런 길을 걷는 사람들을 일부러 찾아가 만나보았다그들은 놀라운 공통점이 있었다. 기쁨이였다

반면에 다른 길을 걷는 사람들을 늘 본다. 피곤하고 지쳐보이며 우울해보인다.

나는 좁은 길로 예전부터 들어서있다. 뒤돌아서기엔 너무 많이 왔다. 나에게도 기쁨이 도착된다 사는게 감사하다.

10. 칭찬 샤워

내가 잘 가는 화장품 가게가 있다. 그 가게는 어떤 브랜드 샵도 아니다. 그냥 시장의 한 소박한 가게다. 내가 많은 화장품 가게중 그곳만 가는 이유는 단지 싸기만 하기 때문은 아니다.

"삔 너무 잘 어울려요."
"염색이 너무 잘되었네요. 얼굴이 예뻐서겠죠."
몸들 바를 모를 칭찬샤워를 받기 때문이다.

멋부리길 좋아해서 늘 꾸미고 다녀도 사람들은 거의 칭찬을 안해준다.하루 종일 주변 사람들에게 칭찬을 듬뿍 해줬어도 내게 돌아오는 아주 작은 칭찬도 없다. 어쩔땐 나만 손해본 기분도 많이 든다. 사람들은 칭찬에 인색하기 때문이다.

어제도 부츠를 신었는데

"부츠 신었네."

"목걸이 했네."

그냥 팩트만 말해준다. 내가 예쁘지 못해서 일수도 있지만 사람들과의 대화는 참 차가운 거 같다. 나의 듬뿍 칭찬을 받으면서도 늘 칭찬하지 않는 사람이 있길레 물어봤다.

"내게 칭찬해준게 정말 딱 세 번이야. 정말 칭찬 안해주는 거 같아"

"내 말이 가볍게 느껴지는게 싫어요."

우울한 세상에 칭찬 서로 해주는게 가벼운 걸까.

어느 날 한 학생이 책이 없다길레 미리 복사해 둔 걸 주니 아이가

"참 준비성이 철저하시네요."

그 작은 칭찬 한마디에 기분이 우쭐해지고 더 잘 준비해서 들어가고 싶어진다. 돈도 한푼 안드는 칭찬을 왜 그리 아끼는 걸까. 화장품사러 가는 길 부끄럽긴 하지만 너무 감사한 칭찬 샤워도 맞고 온다.

11. 수레 끌기

늘 유쾌하게 웃으며 의욕적으로 살던 아내가 요즘따라 웃질 않고 그 좋아하던음식도 먹질 않네. 무슨 일이 있냐고 물어도 아니라고만하고 쉬는 날은 잠만 자고 한달째 감기를 달고 살지

않나 면역이 떨어졌나.

몇달 전부터 부쩍 우울해하는 아내를 보니 맘이 아프다. 이유
라도 말해주면 좋겠는데 자꾸 뭔가를 숨기는 눈치다.

"여보 나 직장 그만둬도 되?"
"응 그래."
연애를 오래한 두 사람은 서로를 너무나 잘안다. 아내가 얼마
나 책임감이 강한 사람인지 아는 남편은 묻지도 따지지도 않았
다. 퇴사한 첫날 아내는 처음으로 잠이란 걸 잔거 같았다.

식탁에 예쁜 편지가 놓여 있는 걸 보았다.

"당신이 수레를 앞에서 끌고 가다 지치면 이제 제가 앞에서 끌
께요. 당신은 뒤에서 손만 대고 따라오세요. 앞에서 힘껏 끌어
도 난 당신의 노랫소릴 들을 수 있어요. 그렇게 당신이 노래만
불러준다면 어디든 수레를 끌고 갈꺼예요.
세상이 당신에게 다 돌아선다해도 난 당신편이 되줄 거니까요.
당신이 내게 그래주었던 것처럼요.

143

걱정말아요 그대."

아무도 없는 빈집에서 아내는 꺼억꺼억 울어 버렸다. 아내는

눈물을 훔치며 문자를 보냈다.

"만일 내게 빅파이가 딱 하나 있다면

만일 그것이 우리의 양식 전부라면 그걸 난 당신에게 줄거야.

미안해 이유도 묻지 않아줘서 고마워 그리고 사랑해."

12. 틈이 없다

유명한 사람들도 평범한 사람들도 우울증을 많이 앓는 거 같

다. 의욕이 없다고 말하고 뭘해도 즐겁지 않다고 했고 5년간

벚꽃을 보러 나가지 않았다고 했다.

난 집안일을 하느라 우울할 틈이 없단 생각이 든다. 종일 한

일을 생각하면 10가지가 넘는다. 이것 하고 나면 저걸 해야 하

고 저걸 마치면 그것이 기다리고 있는 식이다. 뭐가 부족한지

파악해서 사와야 하고 있는 것들의 양을 파악하고 유통 기간도

확인해야 한다. 물건들에 신경을 다쓰고 나면 청소가 손을 벌린다.

청소기로 밀고 걸레질로 바닥을 닦고 물건들을 다 닦고 창틀의 먼지들까지 싹 치워야 한다 숨좀 돌릴려고 보면 빨래가 웃고 있다.

일주일에 한번 요를 빤다. 베게피도 빨고 침구류를 돌보며 보송보송한지 파악한다. 마른 빨래는 정리하다 보면 검은 옷에 흰 먼지가 묻어 있거나 하면 다 떼내야 하고 바느질도 적잖이 나온다. 이제 숨좀 돌릴라 하면 냉장고에 물이 없다. 물을 끓이고 반찬을 준비하고 여러 야채를 잘라서 정리해두고 과일도 씻고 잘라서 정리해두면 두시간은 금방이다.

요리를 마칠 무렵이면 수업 준비를 해둬야 한다 여러 준비들을 하다보면 역시 두시간은 금방이다, 수업에 필요한걸 사진찍고 녹음하고 다 마무리지을 무렵 영어 공부를 해야한다. 잠깐 쉴 때 TED를 틀어두며 열심히 들어본다. 영어 성경을 읽고 공부한다. 그리고 기도한다 다 마무리 지으면 보통 새벽 두시다.

145

하루가 부족하고 항상 바쁘기 때문에 도데체 외로울 틈이나 우울할 틈이 없다.외롭지 않으려고 바쁘기 사는 것일수도 있다.

13. 콜록톨록 영혼의 감기

난 10년을 봉사하는 장소들에서 거의 시간을 보냈다. 그때 정신 질환을 앓는 사람들을 많이 만났다. 그 중 두명은 친구가 되어 지내었다.

그들은 주말마다 정신과 대신 날 찾아와서 울고 가곤 했다. 정신과는 지식은 있지만 사랑은 없어 오히려 상처를 받았다고 했다. 난 지식은 부족하지만 사랑은 부족하지 않으려 노력했다. 그들은 치명적 연약함이 있었지만 일반인이 근접할수 없는 탁월한 강점이 있었다. 그건 순수함이였다. 마치 아무도 밟지 않은 눈과 같았다.

정신과는 착한 사람들이 착하지 않은 사람들에게 고통당해 영혼의 감기가 걸린 사람들이 가는 곳이니까 그들의 치명적 단점도 사실 그들의 탓이 아니였다. 그때의 사귐을 통해 난 그들을 더 이해하게 됐고 십 년가까이 심리학만 파고 들어서 읽고 공부했다. 소소한 심리 자격증도 준비했다. 더 잘 도와주고 싶었기 때문이다.

그러다보니 틱장애, 수면부족, 불안장애, 사회공포, 우울증, 공황장애, 강박관념, 자살충동, 환각, 환청, 공포, 지적장애, 함구증, 섭식장애등을 앓는 어린이들이나 청소년들을 가르칠 기회를 많이 갖게 되었다.

어떤 계기로 그렇게 영혼의 감기가 걸렸는지 모르겠지만 그들은 회복되어 갔고 밝아졌고 나아졌다.

내가 제일 많이 해준 말은
"히야!!" "우와" "^-^♡" 등의 감탄사들과 "대단하다" "믿음직하다"
"성실을 따라갈 사람이 없다" "참 잘했다 흐뭇해" "잘자 애정 제자♡"
"사랑스런 숙제야♡" "열공 대단해☆☆" "멋져!!"

147

"오늘따라 엄청 예쁘다" "너무 잘생겨 보이네" "넌 아주 특별한 아이야!"

등의 인정하는 말들과 많은 하트들을 주었다. 심지어 채점도 하트로 해줬다.

영혼의 감기에 걸려 우울하고 무기력한 사람들에겐 어둠을 통과하는 빛처럼

따뜻한 빛과 같은 사랑만이 전부란 생각이 든다. 세상은 큰 사랑이 없어서가 아니라 아주 작은 관심과 사랑이 없어 죽어가는 사람이 많다.

 #Love does not fail.

14. 나는 우울하다.

요즘 가장 우울한 시기를 겪고 있는데. 우울함은 오히려 고독으로 이긴다. 이번 주말에 혼자 있으면서 글도 많이 쓰고 글도 많이 읽고 하면서 보낼려고 한다.

날 우울하게 했던 소리들에서 벗어나 내면의 소릴 들으려 한다.

나는 술도 안마시고 맛집도 즐기지 않고 여행도 좋아하지 않고 티비나 영화도 많이 안보고 티비는 아예 없다.드라마나 수다도 좋아하는 편은 아니다.

그래서 무슨 재미로 사냐는 말을 자주 듣는데. 글쓰는 재미로 살고 명문장 외우는 재미로 산다. 내가 나락으로 떨어졌을 때 여러 날 힘들게 하는 소리가 날 괴롭힐 때 맘에서 한 소리가 힘차게 올라온다. 바로 내가 외웠던 문장이다. 그게 날 우울증에서 고공 점프하게 한다. 글쓰기는 내가 소유한 귀한 보물이다.

15.취향 변화

난 아주 오랫동안 노란색만 열렬히 사랑했다. 항상 노랑색이 진짜 좋았다.길을 가다가도 노랑색이 보이면 고개가 절로 돌아갔다. 기분마저 좋아지고 행복해지기 시작했다. 마치 어린왕자가 밀밭을 보면 여우를 떠올리며 좋아하듯 나역시 노랑을 좋아했다.

길가다 노란색 차가 보이기라도 하면 "찰칵"

노란 색꽃이 보여도 찰칵하고 요란스레 사진을 찍어대며 나의 팬심을 드러내곤 하였다.

그런 내가!!! 이제 취향이 바뀌었으니 그건 연두색이다.

연두색을 좋아하게 된 건 우연히 걷기 대회에 참석해서 연두색 티셔츠를 받게 되면서 부터인데 너무나 풋풋하고 사랑스럽기 그지 없었다.

내가 제일 사랑하는 책에서 좋은 구절을 밑줄 칠 때 난 항상 노란색이였는데 이젠 연두색을 사용하기 시작했다. 노란 색보다 약간은 톤다운된 것이 우울해 보이기도 하고 무난해 보이기 했다. 밝고 반짝거리며 튀던 노란 색보다 연두색은 좀더 아픔을 품은 멍처럼 빛깔이 성숙해 보이고 품위있어 보인다.

 심지어 식탁도 노랑색에 옷이며 가방이며 잠옷에 머리까지 금발로 했던 내게 이제 노랑보다 연두색이 다가왔다.

사람은 항상 변해간다. 새로운 나와 만나고 새로운 취향과 만나니 좋다.

150

16. 씁쓸한 과시욕

우리 나라에서만 제일 많이 소비되는 명품백. 심지어 코로나에도 백화점에서 줄에 줄을 서서 사는 사람들. 그리고 일년에 11명씩 굶어죽는 사람들. 부검결과 심각하게 굶었다고 했다. 한 나라에서 누군 심각하게 굶어죽고 누군 서민의 월급을 넘는 물건을 못사 안달이고 과시로 몸살을 앓는 우리나라. 절약하는 청년은 답답하다고 욕을 하고 명품백 사진은 극찬을 하는 사람들 정말 안타깝다.

외국은 비싼 시계를 차고 사진에 찍히면 신임도가 훅 떨어진다 그런 행동을 싫어해서 조심해야 한다고 하는데 우리나라는 고급집이랑 고급 가방 사진이 수시로 올라온다. 한쪽에선 4원짜리 붙이는 거라도 부업이 없냐는 질문이 꼬리에 꼬리를 물며 치열히 살고 계신데 말이다 .부의 과시 자제좀 합시다! 누군가를 우울하게 만들고 있다. 저도 가끔 좋은 거 먹지만 한번도 SNS에 올리지 않았다. 누군가 라면먹었을 사람이 혹시 힘들까봐. 그것이 예의아닐까.

어디에도 부의 양극화가 많이 보인다.

돌싱들도 계시고 아이없는 부부도 있다. 부부 수영 사진이랑 아이 사진들을 보고 그들은 무슨 생각을 할까. 내가 가진 행복 과시하지 마시고 감사하며 혼자 누리시면 좋겠다. 지극히 개인 적인 것을 공유할 때 문제가 생기는 것 같다.

17. 할 일이 없다는 것은

예전에 버거 소녀로 알려진 연애인이 성형후 사람들에게 외면 당해서 오래 방송을 못하고 집에만 있던 걸 다큐처럼 찍은 걸 본 적이 있다.그녀가 했던 말이 떠오른다.

"아무리 청소를 하고 쓸고 닦고 해도 아침 열시밖에 안됐어요. 종일 긴 하루를 어찌 보내야 할지."
그녀는 개성있는 외모보단 예쁜 얼굴을 갖게 되었지만 예전의 명성은 잃어버린 상태였다. 그녀의 위축되고 무기력하고 우울 한 얼굴에 성숙함과 겸손이 묻어나서 인상적이였다. 그리고 그

152

녀에게 다시 기회가 온다면 정말 열심히 최선을 다해서 할거란 생각이 들었다. 그녀는 탑일 때 못배운 겸손을 배우고 있었다.

일이 안맞아 그만두고 나서 나역시 요즘 한가하다. 코로나로 요즘 낯선 사람의 방문과외를 꺼리는 눈치다. 하루가 너무나 길단 말에 공감이 된다. 그리고 내가 일할 때 참 그런 면은 귀한 대접을 받는 거였구나. 그건 내가 오만했던 거였구나. 이런 경우는 내가 해야 하는 거였구나. 어떤 음식을 먹어도 맛있고 모든 작은 것에 감사하는 맘이 든다. 그리고 많은 것들이 맘에 지나갔다.

최근 취업된 세 군데를 내가 거절하고 그들이 오만해서 안갔다고 생각했는데 사실은 내가 오만해서 그랬을 수도 있단 생각이 든다. 3일간 이상하게 목이 안움직이고 뻣뻣해서 무척 고생하고 있는데 내가 목이 굳은 사람이라 그런 건 아닐까 하는 생각이 든다.

몇주 무릎나온 바지만 입고 시장이나 다니다가 오늘 쫙 빼입고 나왔는데 갈 데가 없다. 하하하 이쁘게 입고 갈 데가 있단 게 축복이였구나.

이제 열심히 일할 수 있을 것 같다. 겨우 두주 쉬고 이렇다니 일년 이년 준비해서 취업준비 하시는 분들은 얼마나 힘들까. 항상 좀만 덜 바빴으면 일주일만 쉬어 봤으면 했는데 쉬어 보니 별거 없구나. 쉼표는 겸손을 가르쳐 주고 있었다.

#옳다고 생각하는 방향이 열악해 보여도 지켜나가는 마음.

18. 스포츠에 1도 관심없는데 야구장에 가다

내가 얼마나 스포츠에 무관심하냐면 월드컵으로 국민들이 난리났을 때 한 경기도 안본 사람이 나고 김 연아 선수의 경기도 본적이 없다. 달리기 20초에, 매달리기0초, 수영은 강습 한달만에 호흡이 안되서 그만두고 에어로빅은 하루해보고 환불했다.

이런 내가 이렇듯 다른 경험을 추구하기로 한 건 다큐 하나때문이였다.일만 하다 죽은 지인을 보고 어떤 분은 자신은 열심히 살기만 하진 말자고 결심했다고 한다.미래를 준비하는 건 좋지만 현실의 희생만을 하는 건 바보 같다고 했다.늘 열심히만 살아온 내게 일침을 주는 말이였다.

늘 자원봉사하고 섬기는 삶만 추구하던 나는 장애인 교사, 빈민촌 교사,노숙자 급식,고아원 봉사등 온갖 봉사로 주말을 보내는 삶을 살았다.내 인생의 목적은 의미였기 때문이다.하지만 지적장애인들, 고아들 노숙자들과 보내는 시간들은 날 겸손케 했지만
우울하게 했다.

인도네시아 선교여행에서 누림을 철학으로 가진 선교사 님을 만났다.그분의 철학은 인도네시아를 누려보지 못한 사람이 어찌 인도네시아를 사랑할 수 있냐는 것이였다.

그때 내 인생에 첨으로 누림이 들어왔다.그분을 만나 난 온갖 호사를 누려본다.심지어 두피 마사지까지 평생 첨 받아봤다.첨으로 누려본 나는 큰 힐링을 경험했다.그때의 경험을 잊을 수 없다.그리고 나는 인도네시아를 사랑하게 됐다.

고생하러간 봉사여행을 온갖 누림으로 채워주신 하나님 인생은 고생만 하고 훈련만 받으라고 사는 곳은 아니였다. 여기서 천국을 느껴보지 못한 사람은 천국의 소망도 꿈 꿀수 없다.

금욕주의자였던 내가 조금씩 즐거움을 누려보게 된 데는 또 다른 누림 철학자와의 동행 때문이다.그는 내 남편이다.

안살아본 삶이라서 어색하지만 누려보고
글을 써보고 싶다. 인생은 아름다운 거였다.

19.빨래를 걷으며

빨래를 널었다가 생활을 하다보면 금방 빨래가 말라있다.빨래를 걷다보니까 행거란 아인 참 자기 일에 충실하다.다리 아프다고 주저 앉지도 않고 팔아프다고 쭉 뻗은 걸 내리지도 않는다.그리고 참 용도에 맞게 잘도 만들어져서 빨래를 다 걷고 나면 접혀서 한쪽에 겸손히 서있다.자리 차지하지 않으려 자신을 접는 모습이 뭔지 아름답다.

물건도 자신의 역활을 충실히 하는데 사람들은 별로 그렇지 않단 생각이 든다.자신의 기분대로 행동한다.뭐가 안좋은 일이 있음 주변을 우울하게 만들고 뭐가 좋음 활기치고 다닌다.그런 사람들과 함께 지내는 게 참 소모적이란 생각이 든다.같이 쓰는 책에 낙서가 되있다.
그걸 복사해서 학생에게 나눠주고 써야 하는 나는 형광펜도 선물로 주고 여러 낙서하지 말라고 부탁했는데도 여전히 그렇다
지우면서 참 맥이 풀렸다.

인내하면서 느끼는 건 이것도 내게 유익할 거란 믿음이다.성장이란 이런 불편한 시간들을 참고 참고하다가 맺어지는 내면의 견고함일거라 생각한다.

자신은 힘들고 남들이 자신을 힘들게 하는거라 생각하겠지만 실은 그 남들도 무지 힘들어 하며 참고 있단 걸 언젠간 알아주면 좋겠다. 인내한다고 느끼는 나도 누군가 날 무척 참아주고 있을지도 모르는 일이다.

20. 예전에 알던 사람

그녀와 어울리다가 어떤 계기로 안만나게 되었는데 우연히 길을 걷다가 만났습니다.너무 반가워해주셔서 고마워서 차한잔을 마시자고 그랬고 차를 마셨다.

나와 비슷한 체격이였던 그사람은 48킬로의 체중에 긴 머리에 세련된 차림새로 넘 예뻐졌다.그리고 직원을 7명이나 두셨고 또 비싼 아파트로 이사를 가셨다고 했다.세금이 천만원 나왔단 말도 나왔는데 그럼 수입이 어마어마하단 얘기겠죠.반면에 나는 예전에 60킬로를 돌파했고 일은 망했고 이번 해는 세금이 아예 없다고 세무소에서 얘기 듣고 아주 가벼운 발걸음으로 집에 왔었더랬죠.

이런 상황이라면 그분의 얼굴에 꽃이 피어야 하는데 감춰지지 않는 우울함이 있었고 나역시 감춰지지 않는 기쁨과 여유가 있었다.
왠지 그사람의 손을 잡아주고 싶었고 그 사람 학원에서 정말 많은 아이들이 입시에 성공한 자랑을 기쁘게 들어주었다. 그 원장님이 얼마나 이뻐졌는지 아주 자세히 칭찬해줬다.

예뻐진 그 사람은 기분이 좋아져서 가셨고 난 이유를 모르겠는 안쓰러움을 그 사람에게 느꼈다.

성공했다는 것,아름답다는 것,많이 소유했다는 것,그것이 행복도 같이 갖을 순 없다는 것을 깨닫는 만남이였다.

반면에 실패했다는 것,아름다움을 놓쳤다는 것,적게 소유했다는 것 그것도 역시 행복을 잃을 요소는 아니였다.

21. 정신이 아름다운 사람.

건강을 위해 유기농만 먹는 사람을 본다. 건강을 위해 운동을 열심히 하는 사람을 본다.건강을 위해 좋은 영양제를 먹는 사람을 본다.건강을 위해 좋은 의사를 찾으러 다니는 사람을 본다.

그치만 정신 건강을 위해선 어떤가? 어떤 노력을 하고 있나? 살면서 저사람은 참 정신이 건강해 하는 사람을 몇이나 보았나'

어디가 아파 병원다녀요 한약을 먹어요 쉬고 있어요 하는 사람은 많이 보지만 정신 건강을 위해 정신병원을 다녀요 정신에 좋은 책을 읽어요 상담을 다녀요 하는 분은 한번도 만나보지 못했다. 건강한 몸에 건강한 정신이 깃든다는 말은 있지만 건강한 정신이 건강한 몸을 만들수 있단 말은 없는 것 같다.

정신은 갑자기 건강해지지도 갑자기 약해지지도 않는다.

지속적 좋은 언어 훈련을 통해 가치관을 만들고 그것이 행동으로 옮겨 인품을 만들어 간다. 각은 행동의 씨앗이다 건강한 정신없이 훌륭한 행동을 할순 없다.

육체를 위한 트레이너를 만나듯 정신을 위해 멘토를 구하라.방황하는 내 정신이 바른 방향을 잡을수 있는 경청가를 구하라.불안하고 두렵고 우울한 정신이 굳어지기 전에 바른 정신으로 고치라.내 생각이 거듭 부정적이라면 내 정신이 아프다는 싸인이다.

운동하듯 정신을 위해 노력하라.건강한 정신을 갖는 것보다 더 급하고 중요한 일은 없다.김구선생은 큰사람이라 여겨지는 사람을 만나러 다녔다 . 만나러 가라.내 정신에 바른영향을 줄 사람을..

22.뺄쌤

참 힘들다.눈물이 또르르 그들의 좋지않은 언어들.

표정들 대우들 나락으로 떨어져 버린. 머리도 아프고 우울해진다. 축되고 지친 내 맘에 찾아온 낮은 마음, 남에 대한 배려와

존중감, 예의 바름 어쩜 그런 걸 받길 갈망했지만 내겐 오지

않았기에 배우게 된 플러스.

고통은 열정의 연료가 되어 주었다. 남들보다 더 열심히 노력

하고 준비하는 내 모습과 만난다. 뺄셈의 환경과 사람들은 내게 가장 귀한 플러스를 주고 갔다. 열정과 끈기의 선물말이다.

오늘도 남들보다 더 애쓰고 노력한 나의 하루가 아직 지나지 못하고 있다. 더 배울게 많기에.

23. 가죽신을 신으면 편안하고 나막신을 신으면 불편 하다.

가죽신은 늘 내가 해오던 방식, 삶,행동,말들 그리고 만나던 사람들을 의미할 수 있다. 편하고 익숙하지만 지루하기 짝이 없다. 위험 요소는 전혀 없지만 행복해 보이진 않는다.

한 머리 스타일을 20년간 한 친구가 있었다. 그녀는 다른 스타일을 했을 때 이상해 보일까봐 두려워서 바꿀수가 없다했다. 그녀를 처음 만난 20살때부터 아줌마가 된 나이까지 그녀는 쭉 긴 생머리를 유지했다. 색상도 같았다.
그리고선도 그녀가 만족한다면 상관없다. 하지만 엄청난 지루함을 표현했다. 옆에 있는 나도 상당히 불편한 맘이 들었다. 정말 안타까운 건 생머리의 길이마저 한결같이 같았다.

또 다른 친구가 있었다. 그 친구도 역시 같은 직장을 20년 다녔다. 매번 만날 때마다 지겨워 못살겠다고 했다. 하지만 그친구역시 바꾸진 못했다. 늘 두려움이 친구의 발목을 잡는 듯 했다.

나막신은 새로운 도전, 위험을 불사하는 용기를 말한다.
제안을 스스럼없이 하고 선동하고 이끌어 간다. 비난도 당하고 망하기도 한다. 경제적으로 극도로 힘든 상태에 놓이기도 한다. 하지만 약동하는 기쁨과 젊음 행복과 활력이 있다. 그의 삶에 새로운 다양한 친구들, 새로운 분야의 일들이 기다리고 있다. 하지만 하나를 꾸준히 하는 면이나 한 곳을 계속 다니거나 오래 된 친구가 있거나 하진 못하다.

내가 아는 어느 친구는 두번 정도 망했다. 전혀 새로운 분야의 일들을 아주 열정적으로 하다가 망했다. 바닥을 쳐본 경험이 있기 때문에 여유가 있고 새로운 걸 하는 걸 주저하지 않는다.

유쾌하고 재미난 일들이 많아 보인다. 별로 욕심을 갖지 않고 새 일을 시작하기에 우울함이 없어 보인다. 그의 말속엔 재미 없다 지루하다 힘들단 말은 없다. 다소 즉흥적이고 행동적이고 직선적이라 상처가 될때도 있다.

어느 신을 선택할 지는 자신의 몫이다. 안정과 지루함인가,도전과 위험함인가

#가죽신을 신으면 편안하고, 나막신을 신으면 위험하다. 그렇지만 편안하여 방심하기보다는 위험하여 스스로를 지키는 것이 낫다. - 조선 후기 봉서 유신환

24. 좋은 사람은 땡겨 주세요.

은둔형 외톨이가 점점 많아지는 세상인거 같다. 외롭다, 심심하다,허전하다, 우울하다, 공황장애가 왔다 이런 글을 자주 보게 된다.

내 생각에 이 모든 걸 극복할 수 있는 길은 사랑하는 것인거 같다.그 누구든 순수하게 사랑하면 이런 정신적 슬럼프에서 벗어날수 있는 것 같다. 평소에 호감이 있었던 사람에게 손을 내미는 것이다.

오늘 우리 부부에게 손을 내민 분이 계셨다. 두시간정도 정말 만족스런 대화를 하며 그분의 순수함과 선함에 기분이 참 좋았다. 그러면서 헤어질 때 호감의 점을 한번더 찍어 드렸다.
"다음에도 또 봬요"

사람인 자는 서로 기대고 있는 모습이다. 세상이 1인 시대가

되어 가고 혼밥 혼술등이 대세라 해도 우린 항상 관계를 갈망

함을 숨길 순 없다. 좋은 사람은 땡겨주세요!

25.기운빠진 달팽이

내 동료가 신혼 여행 예약까지 한 약혼자와 한달 전 파혼했다.
그는 매우 우울해 보였고 귀가 빨개져서 얼굴을 부여잡고 있는
모습을 보고 맘이 아팠다. 늘 한숨을 크게 쉬었다.

그런 모습을 애들도 알아차렸다.
"그사람은 자다 자다왔는데 또 졸린 사람같아요"
"기운 빠진 달팽이같아요"
"어둠을 막 품어내요"
심지어 밥도 하루 한끼만 먹고 있었다. 나도 실연당해서 거의
정신을 못차렸던 경험이 있어서 그가 측은해서 어떡하면 밥을
먹게 할까 궁리가 되었다.

그러다 어제 아주 예쁜 동료가 새로 왔다. 그의 눈빛이 살아나
는걸 첨 봤다. 얼굴에 활기를 띠고 심지어 내가 식당에서 갖다
준 빵까지 먹으려고 하였다. 사랑이란~

그리곤 저녁에
"우리회식할까요?"라고 제안까지 하였다. 이모뻘인 나는 청춘
남녀가 서로 어색하지 않게 끼여서 아재게그를 해야될것 같다.

"오늘 활기있어 보여요!"
" 몇명 그리 말하더라구요"

164

" 기운빠진 달팽이같다고 했었어요."
"네? 하하하하."

한숨을 꺼져라 쉬던 그사람이 크게 웃는 걸 첨 보았다. 청춘
두 사람이 잘되도록 최대한 도와 보겠다.

달팽이~! 느려도 괜찮아 기운차려!

26. 누군가를 진실하게 돕는다는 것.

세상엔 힘든 사람들이 많다. 내 글을 읽다가 우연히 제 친구가
된 사람은 늘 우울하고 자살충동을 자주 느꼈다. 그 사람이 죽
을까봐 일주일에 한번씩 전화하고 자주 좋은 글을 보내줬다.

다른 사람을 진실히 돕는다는 건 내 시간을 포기해야 하고 잠
을 덜 자며 대화상대가 되줘야하고 관심없는 부분도 질문해주
고 나역시 힘들 때도 너스레를 떨며 웃기기도 해야 한다.

남을 돕는 수고는 신발에 들어간 돌맹이처럼 힘들고 어려운 것
이다.하지만 그 대상이 회복될 때의 기쁨은 그동안의 고통을
다 사라지게 하기에 충분하

내 삶속에 쉬지않고 나타나는 힘든 삶들을 순수한 동기로 돕는
삶은 내게도
분명 선하고 아름다운 보답을 해줄 것이다. 당장은 아니고 보
여지는 게 없을지라도.

27. 요즘 무슨 낙으로 사나요?

"요즘 무슨 낙으로 사나요?" 최근에 읽은 글중 제일 맘에 남았다.대부분 낙이 없다, 우울하다등의 말이 씌여 있었다.

전 요즘 멍때리는(?) 낙으로 산다. 전엔 게으른 걸 싫어했는데 요즘은 내 몸을 쉬게 해주고 내 정신을 쉬게 해주고 있다.

아무 음악도 안틀고 어떤 것도 읽지 않고 수만가지 생각들을 하며 뇌를 놀리고(?) 있다. 그러다 보면 획기적(?)인 생각이 들 때도 있고 좋았던 기억이 나서 빙그레 웃기도 한다.

사람들은 먹으러가거나 여행을 못가서 힘들어 하는 것 같은데 원래 그런 거에 도무지 취미가 없었던 나는 이렇게 집에 있는 게 너무나 좋다.

반지하에서 시작한 신혼집이 이제 4층까지 올라와 햇빛이 잘

들어온다. 52개의 계단을 밟고 내 집에 들어와 햇빛을 쬐고 있으면 행복해 진다.

사실 행복은 그렇게 비싼 건 아닌 거 같고 그렇게 어려운 것도 아닌 거 같다. 시각이 행복을 주기도 불행하게 만들기도 하는 것 같다.

늘 하던 생각의 패턴을 바꿔보면 행복해진다.

신기하게도 행복은 변화무쌍한 환경이 아닌 맘의 쉼에 있다. 그래서 오늘도 즐겁게 멍때리고(?) 있다.

*과학적으로 우리가 멍때릴 때 디폴트 모드라는 뇌의 신경 네트워크를 활성화해서 여기서 독창적 아이디어가 떠오른다고 한다.

28. 그 사람이 진짜입니다.

어려울 때

아플 때

가난할 때

지쳤을 때

막막할 때

숨막히듯 고통스러울 때

외로울 때

우울할 때

누가 옆에 있어주길 바랄 때

일의 열매가 없어 실망했을 때

기가 막히는 일을 당했을 때

버림당했을 때

두려울 때

실패했을 때

손가락질을 당할 때

당신곁에 있어준 그 사람

그 사람이 진짜입니다.

Chapter 7 다른 식으로 잘살고 싶다.

1.지혜를 찾아 찾아

지혜는 어디서 찾을 수 있으며 깊은 깨달음은 어디서 얻을수 있는가.이세상의 지혜는 참 지혜를 찾을 수 없으므로 사람들은 그 가치를 모른다.지혜는 황금과 비교가 안되고 순금으로 장식된 보석으로도 살수 없다.하나님만이 지혜있는 곳을 아신다 나 여호와를 두려운 맘으로 섬기는 것이
참지혜요 악에서 떠나는 것이 진정한 깨달음이다.

난 지혜를 정말 사모한다. 그래서 말씀을 외우려고 노력한다. 외운 말씀을 실천하려고 애쓴다. 그러다보면 그분의 인격과 닮아있지않을까. 그리스도의 향기와 편지가 되고 싶다.

길을 걸으며 묵상을 했다. 처음으로 길에 지나가는 늘씬한 여성들이 부럽단 생각이 안들었다. 홍대에도 광화문에도 과도히 노출하는 그녀들나이가 들어서일까. 이제 느낌없이 예쁜 여자들이눈에 들어오지 않는다.

지혜로운 여자들은 말하는 것, 입는 것, 행동하는 모든 것이 달라서 잠시만 동행해도 그 지혜가 묻어나온다 그러니 어찌 지혜를 사모하지 않을 수 있을까. 자신의 모든 소유를 팔아 땅을 삼은 사람은 그 안에 보화가 있다는 것을 안 사람들뿐이다.

지혜는 약간의 시간으로 되지 않는다. 오랜시간의 동행으로만 얻게 되는 고결할 것이다.

2.비유로 말하기

너무 말하고 싶을 땐 말하지 않는 편이 나았다. 너무 말하기 싫은 땐 꼭 말해야 하는 경우가 많았다. 같은 말도 어감이나 톤, 손동작과 표정이 들어가면 상대는 다르게 이해한다는 것을 배웠다. 그래서 문자로 표현할 때는 용체를 많이 썼다 그래야 듣는 사람이 애교있게 느끼는 것이다. 그래서 표현할 때 심지어 연습도 했다. 상대가 불편하게 느껴지는 것을 최소해 보려는 것이였다. 이런 연습은 사람들과의 관계에 윤활유와 같은 역할을 해주었다. 그리고 마무리 지었을 때도 좋은 인상을 심어주었다. 열사람의 팬을 만드는 것보다 한 사람의 적을 언어로 만들지 않는게 중요하다.

훈계를 주고 싶을 때는 직접 말하기 보단 예전의 경험을 들려주었다. 비슷한 상황을 통해 깨닫게 하고 받아들이는 상처는 최소화하고 싶었다. 그 결과는 놀라웠다 직선척이고 직접적인 경우를 말하기 보단 한번 둥글게 다듬어진 표현의 결과가 더 좋단 걸 늘 깨닫는다. 그리고 가장 효과적인 대화는 말이 아니라 행동이다. 본이 되는 행동은 가장 상대를 내가 원하는 방향으로 이끄는 기술이다.

3. 나는 겸손에 대한 상처가 있어.

나는 2년간 CEO 모임을 다녔다. 성장을 꿈꾸는 나는 큰 나무들 사이를 걸으며 내 키도 자라길 바랐다. 자산규모가 어마어마한 분들 틈바구니에 내가 낄 입장은 안되었지만 동네 구멍가게 규모인 나도 참석해서 열심히 들었다. 그 모임은 새벽 7시에서 9시까지 진행되었고 또 적지 않은 돈도 내야 해서 내겐 부담되는 시간과 재정이었지만 나는 열심히 참석하였다.

거기엔 아주 인상적인 분들이 많았는데 그중 한 분이 내게 영어로 말을 거셨다. 할아버지이신데도 태도는 젊은이보다 나았다. 어떤 장벽도 없는 듯 행동하시는 그분이 인상적이어서 나는 질문을 몇 개 했다.

"전 요즘 겸손에 대해 관심이 많은데요 어떡하면 선배님처럼 겸손한 사람이 될 수 있나요?

"난 겸손에 상처가 있어."

얘기의 시작부터 너무나 흥미로운 그분의 얘기는 계속되었다.

"나도 배울 만큼 배우고 학교도 좋은데 나오고 기업도 운영하고 자산도 꽤 되는데도 우리 아버지가 남에게 날 소개할 때 항상 이렇게 얘기하셨어. 이놈은 아는 게 하나도 없으니 많이 가르쳐주십시오. 늘 그렇게 남들에게 날 소개하셔서 그게 난 상처가 되었어. 나는 겸손이 보이는 말투나 태도가 아니라 그 사람 내면의 마음가짐이라고 생각하거든. 젊어서는 내가 입고 싶은 옷은 맞지 않아도 입으려고 했어. 그런데 나이가 드니까 나랑 어울리지 않는 옷은 그것이 아무리 좋아도 입고 싶지가 않아. 겸손도 자연스럽게 입는 옷이라고 생각해."

물 흘러가듯 나오는 지혜로운 답변은 내 내면에 신선한 생수

같았다.

4. 부담스러운 솔직함

"제가 계속 기다리고 있었는데 왜 이렇게 늦게 와요?"

"어? 우리가 만나기로 한 시간은 두시인데 일찍 온거잖아요."

"더 일찍 오면 되잖아요?"

"그 앞이 일정이 있어서 안돼요."

나도 약속시간보다 늘 십분 먼저 가지만 나보다 한수위인 이

사람은 나보다도 일찍 와서 기다리곤 했다. 그리고 나에게 더

일찍 오란 얘길 하였다.

자신이 미리 준비되어지는 습관까진 좋으나 남의 시간까지 강

제하려고 하는 부분이 불편해진다. 그가 정한 룰이 일반적이지

않은 것이다 .

"내가 보낸 메세지를 3시간뒤에 확인하다니."

'급한 내용이 아니고 오늘은 주말이라 모두쉬는 날이잖아.' 라

고 생각했지만 자신이 정한 규칙에 벗어나면 불편해하는 그 사

람에게 이번엔 표현하지 않고

173

"미안해요 너무 늦게 확인했지요?" 라고 대답해 주었다 솔직히 내 생각을 말하고 싶지만 한번 덜 드러낸 것이다.

너무나 솔직해서 당황스런 그에게 난 덜 솔직해지기로 맘을 정하였다.
내가 덜 솔직하고 유하게 굴면 그 사람도 덜 솔직하게 얘기하고 너그럽게 대하는 법을 배울수도 있지 않을까 하는 생각을 했다.

만취자의 교통사고로 아름다운 얼굴을 잃은 지선아 사랑해의 저자 이 지선씨는 자신의 화상입은 얼굴에
"솔직히 징그럽고 괴물같아요."란 댓글을 읽고 많이 맘이 아팠단 얘길 하며
"솔직히 말해달라고 얘기한적 없어요. 솔직히 얘기하지 않아도 되요."
란 얘기하는 걸 듣고 솔직한 나를 많이 반성하고 되돌아봤다.
난 솔직한 게 최선이라고 생각했다. 하지만 솔직한게 상처를 줄수 있고 씻을 수
없는 아픔을 줄수 있단 생각이 들었다.

174

어느 왕이 전쟁에 나가 싸워서 얼굴 한쪽에 칼로 베인 흉터가 징그럽게 있었다. 그는 자신의 초상화를 여러 화가에게 부탁했는데 대부분은 그대로 그의 흉터를 그려왔다. 하지만 한 명의 화가는 옆 얼굴만 그려 그의 흉터를 가려주었다. 왕은 그의 흠을 가려준 그림을 좋아했다. 왕의 얼굴에 흉터를 다 없앤 그림이라면 거짓일 것이다. 하지만 온전한 쪽만 그려준 마음은 사랑인 것이다.

솔직함이 항상 아름다운 건 아니다. 침묵할 때 상대에게 더 큰 교훈을 주는 경우도 많다. 우리의 비극은 그걸 구분하는 지혜가 부족한데서 나온다.

5.눈

오늘 난 눈에 대해 생각했다.

"눈은 등불과 같다. 좋은 눈은 영혼에 빛을 비추지만 나쁜 눈은 빛을 막고 어둠에 떨어지게 한다." 너무 좋아서 외우고 또 외우며 생각하고 또 생각했다.

같은 환경에도 좋은 눈을 가진 사람과 나쁜 눈을 가진 사람이 있다.
척박함 속에서도 빛을 따라가는 사람이 있고, 안락함 속에서도 어둠에 떨어지는 사람이 있다.

내가 9개월 넘게 지지한 사람이 있다. 그가 얼마 전에 한 말을 듣고 충격을 받았다. 방향이 어두운 곳으로 틀어져 있었다. 그의 눈은 온갖 밝음 속에 있었는데 시야가 흐려진 거 같았다.

예전에 산책하다가 아주 신기한 장면을 봤다. 한쪽은 파란 하늘에 흰 구름이 너무나 고왔고, 다른 한쪽은 회색 하늘에 무서운 먹구름이 있었다. 내 눈이 조금만 놓쳐지면 산책의 기쁨을 잃고 공포에 사로잡히기 쉬울 만큼 먹구름이 볼썽사나웠다.

우리의 인생의 눈도 그것이 방향이기에 정말 중요하다. 지금

176

좋은 눈이라 해서 영원히 좋은 눈일 거라 장담할 수 없다. 매일매일 건강하고 깊고 지혜로운 것들을 보며 시야를 좋게 만들지 않는다면 내 눈도 나쁜 눈이 되어 빛을 막아 버리고 어둠에 첨벙 떨어질 수 있다.

예전에 좋아하고 존경했던 사람들이 지금은 딴 사람이 되있는 걸 수도 없이 본다. 매일매일의 선택이 우리의 눈이 된다. 김일성도 어렸을 때 착했다고 한다.

6. 인사드려라

정치인의 얘길 듣다가 운적은 한번도 없었다. 그런데 우연히 한 정치인의 얘길 듣고 오열했다.

"저는 갑질 논란으로 메스컴을 탔습니다. 몇년간 노조에서 일하다보니 이렇게 정치에 입문하게 됐습니다. 저는 그때의 대기업의 갑질로 공황장애와 우울증과 같은 정신 질환을 앓게 되었고 죽으려고 2주 굶기도 했습니다.

그때 제가 버티었던 건 제가 비행기에서 일할 때 한 낯선 여사

177

님이 주신 메모였습니다.

"난 당신을 응원하고 있습니다"

화장실을 가시려고 움직이신 걸로 알았는데 그녀는 그 응원지를 주려고 애써 제게 오신 거였습니다.

그리고 제가 길을 걷는데 한 모자가 제게 다가 왔습니다.

"인사드려라. 이런 분이 계시기에 니가 살 세상이 바뀌는 거다."

저는 저같은 사람이 생길 때 힘이 되줄 사람이 되기 위해 이렇게 출마했습니다."

정말 많이 쏟아지는 눈물을 감출수 없었다.

세상은 남성들이 움직이지만 그 남성들을 움직이는 것은 지혜로운 여성들이란 걸 깨달았다. 김구에게도 아들에게 총을 주며 나라를 위해 살란 어머니가 있었다.

부모가 있지만 자녀 교육의 핵심엔 어머니가 있다. 어머니들이 지혜에 더 관심을 가지면 좋겠다. 역사 공부를 하다보니 십만

양병설을 주장한 놀라운 선견지명 이이뒤엔 신사임당이 있었다. 십년동안 군사력을 키워야 한단

그의 주장뒤에 임진왜란이 정확히 십년이 지나 일어난 걸 보고 놀랬다.

이이는 사임당이 돌아가신 16살때 많이 방황한걸로 보인다 엄마는 아이에겐 우주이다.

난 아이들이 축구선수, 선생님만 꿈꾸지 말고 훌륭한 정치인을 꿈꿔서 분노할 순간에 약자들을 위해 분노해줄수 있는 멋진 세상을 만들길 바래본다.

7.유튜브없는 2일

유튜브를 매일 30개이상씩 1년간 보고 느낀게 처음엔 유튜브가 만능 상자같았다. 궁금한 답은 다 있었기 때문이다. 요리도 배울수 있었고

영어도 배울수 있었고, 오디오북으로 책도 들을수 있었고, 잘 몰랐던 세상인 정치에 눈을 뜨게 됐다.

사회의 어떤 면이 있는지 알게 됐고 기도가 풍요로워졌다.
막연히 세계 평화를 기도했었다면 이젠 가자지구와 미얀마 민주화와 난민 문제,인도와 브라질의 코로나와 이상 기후와 쓰레기등을 위해 구체적으로 기도할수 있었다.

심지어 아침에 깨자마자 뉴스를 들었고 저녁에 잠들면서까지 100분 토론을 들으며 잠들었고 옛 정치인중 한명이 꿈에 나오기까지 했다. 세상속 평등에 대한 갈망은 세상을 알고 싶다는 것으로 확대되었고 난 꽂혀서
정치나 시사적인것에 지식을 넓혀갔다. 아마 평생 알고 있던 것보다 일년안에 정치를 더 많이 알게 된 것 같다. 심지어 정치 후원금을 보내려고 생각도 했다.

유튜브는 소외된 사람들의 삶들도 적나라하게 보여줬다.
내 관심분야인 장애인, 희귀병환자들, 암환우들,조현병 환자들, 우울증과 공황을 앓는 사람들, 작가들, 노숙자들, 폐지 어르신들,노인들, 청년 실업자들, 자살징후 사람들,고아들의 삶을 들여다 봤다. 그들이 웃을 때 같이 웃고 그들이 울때 함께 울었

다. 내 인생에 그들의 인생까지 얹어지면서 난 50명의 인생을 사는것 같았다 .그러면서 나역시 정신적으로 힘들어지는 경험을 했다 삶은 무거워졌다.

유튜브에서 내가 배운 건 이것들이다.

지나친 공감은 자해이다.

가상의 세계에서 나가서 진짜의 삶을 살라.

글을 쓸 때 읽는 자들의 허용 범위를 생각하라.

많은 지식은 삶을 풍요롭게 하는게 아니라, 사람을 탈진하게 할수 있고 지식의 양보단 양질의 지식이 중요하단 생각이 들었다.

왜 유튜브를 보았나 외로웠고 무료했다. 그래서 보았다.

이 세가지에 큰 교훈을 얻었고 자신을 보호하기 위해 약자의 삶을 그만 알 필요가 있단 생각을 했다. 내 삶을 망가뜨리면서까지 테레사 수녀처럼 살순 없단 생각을 했고 가상 세계에서 이제 그만 살고 코로나가 안정이 되면 실제 사람들과 만나며 살아야 겠단 생각을 했고 허용하지 못하는 사람들을 위해 붓을 들을 필요는 없단 생각을 했다.

지식을 얻고 싶었고 그보다 더 지혜를 얻고 싶어 유튜브를 했는데 그것은 지혜의 창고가 아니라 시간의 블랙홀이였다. 외롭고 심심해서 시청했던
유튜브는 내게 가장 힐링을 주던 독서를 멈추게 했고 더 이상 책을 빌리지 않게 했다. 정확히 유튜브를 시작한 시점이 내가 독서를 그만둔 때와 일치한다, 가상 세계와 멀어지기 위해 더 애쓰려고 한다.

8. 나를 표현하는 마음

나는 드러내는 성격이다. 직선적이고 솔직해왔다. 내 말을 듣고 당황해서 얼굴이 빨개지거나 극도로 흥분해서 탁자를 내리치거나 옷을 내게 집어 던진 사람도 있었다.

정직한 상담으로 항의 전화하신 아버님도 계셨다.
"우리 아들에 대한 오해가 있으신거 같아서.."

지난 내 삶을 돌아보면 어디까지가 용기이고 어디까지가 절제인지 구분하는 지혜가 부족했단 생각이 든다. 여러 사건 사고와 충돌과 갈등을 겪고 나서 내가 배운 게 있다 .듣는 사람의 허용 범위가 어느 정도인지를 파악하는 것이다.

젊었을 땐 다 먹을수 있었는데 나이가 드니 커피를 못마시게 되었단 사람을 본적이 있다, 나이가 들고 내면이 자라가면 말도 가려서 해야 하고 단어 선정도 신중해야 하고 오래 관찰한 뒤 조심스레 표현해야 한단 생각이 든다.

사람은 참 다르다 심지어 같은 내용을 표현했는데 180도 다른 반응을 보였고 관계에 영향을 미쳤고 심지어 관계를 끊어버리기도 했고 다른 사람은 깊은 대화를 시도해 오해를 풀고 더욱 돈독해지기도 했다.

나를 표현하는 건 자유이지만 언제 어떻게 누구에게 할 지는 정말 고심해서 정해야 한다. 상대는 결코 단순하지가 않다. 얘기 할까 말까 할땐 안하는 편이 낫다. 못견디게 말하고 싶을 땐 그 이후에 오게 될 결과를 상상해보는 것도 필요하다. 내 정신건강을 위해 하는 것인가 아님 상대를 위해 말하는 것인가의 동기 파악도 우선시 되야 한다.

9. 나이들어 자영업하는 것 어떤가요?

저는 생각이 다른데요. 나이들어서 제일 힘든 고통이 무위고라고 생각해요 하시라고 권유드려요.

그럼 아이템은? 이전에 있었는데 지금은 없어진것 사람들은 다 그리움의 향수가 있는데 이젠 없는 것들로 잡음 어떠세요? 예를 들면 달고나 뽑기같은 거요 마카롱은 흔하잖아요 뽑기를 칼라별 캐릭터별로 만들어 고급 포장하면 간식용 선물용 승부 수 있지 않을까요?

진상 손님무서워 인생의 도전을 하지 말란 건 저는 아니란 생각이예요. 저도 진상을 만난적 있지만 그 위기를 넘으니 상상을 초월하는 지혜가 생겼었어요. 자영업 하면서 협박한번 안당한 사람이 어딨나요?

그 정도는 그냥 기본이다. 그렇게 베이스로 깔고 시작하면 어떨까요? 어느 길이 인생에 쉬운 게 있나요? 하지만 분명 돌뿌리 너머에 꽃향기도 맡을수 있는게 인생 아닌가요? 아무것도 안하는 가난과 고독의 고통이 하면서 겪는 스트레스를 능가할 거라 저는 생각합니다

마케팅 원칙
차별화,경쟁 상대 파악,우수고객 관리,고객과의 소통

Better late than never! 늦더라도 하는게 안하는 것보다 낫다.
Slaes start when customers say no. 고객이 아니라고 할때 판매는 시작된다.

10.남의 카트를 들여다 봤다.

185

장을 보고 계산하기 위해 줄을 섰다. 우연히 앞사람의 카트를 봤다.한 60대정도의 남성분이셨는데 카트안엔 정말 건강한 식재료만 담겨 있었다.

그리고 내 것을 보았었다. 과자,또 과자,또 과자,빵,빵,탄산들. 냉동 식품들..심지어 라면.헉 내가 먹는게 문제가 많구나 깨닫는 순간이였다.

내 뒤에 아저씨는 더욱 심각하셨다.소주들들들들 전부 술.

예전에 교습소를 할 때 아이들이랑 파티를 하면 자기들이 먹을 걸 가져오기로 했는데 아이들은 대부분 과자나 라면을 가져왔는데 한 아이만 유리 그릇에 아직도 따뜻한 감자나 고구마 옥수수등을 싸오는 아이가 있었다. 교습소를 5년간 하고 접을 때 이 맘께서 과외를 부탁해서 그 집에 과외를 해드렸는데 매번주시는 간식이 정말 건강했다. 어쩐지 이 집 아이들의 얼굴에 윤기와 건강함이 흐르더라. 그리고 그애는 늘 생각이 깊고
말에 지혜가 있었다. 헤어진 지 5년도 지났는데 여전히 그애의 이름이나 얼굴 했던 말이 똑똑히 기억할만큼 특별한 아이였다.
186

심지어!! 이분은 워킹맘이였다

하루종일 피곤히 일해도 자고 일어나면 개운하던 컨디션은 나이가 반백살이 되어 가니 안개운하기도 하더라.어르신들이 삼삼오오 모이시면 건강 얘기만 하시는지 알것 같다. 먹는것과 운동이 제일 중요하다고 늘 강조하시던 할아버지 의사쌤이 생각난다.

11.어떤 분의 후회

내가 아주 좋은 모임에 2년정도 나간적이 있다. 거긴 시니어 그룹들이 많았는데 거기 한 백발의 신사분의 후회를 난 아주 또렷히 기억하고 있다.

"제가 젊었을 때 성공에 꽂혀서 정말 열심히 일했습니다. 정말 바쁘게 지냈어요. 그런데 제가 하는 일이 타이밍에 맞지 않게 추진해서 실패를 많이 했습니다.

지금에 와서 돌이켜보면 내가 왜 그리 조금도 묵상을 하지 않았었나 정말 후회됩니다. 그때 전 십분도 묵상하며 성경을 보지 않았습니다. 그것이 지금에 와서 가장 후회되는 부분입니다."

살면서 우린 각자가 중요하다고 여기는 가치에 올인해서 산다. 하지만 그것이 잘못되었다고 느끼고 머리에 눈이 내려있다면 얼마나 속상하고 안타까울까.

열심히 속도를 내기전 항상 방향을 주기적으로 점검해야 한다. 방향은 지혜없인 도저히 바로 잡을수가 없기에 우린 백발의 지혜로운 사람들의 말을 힘껏 찾아서 들어야 한다.

주변의 노인들을 보니 지혜로울 것도 나을 것도 없던데요. 그건 불행히 우리 주위에만 없는것이다 한살 한살 먹으며 느껴지는 연륜을 우리 자신들도 알고 있지 않은가. 노인들의 경험과 경륜은 지식으로 도저히 따라잡을수 없는 부분이 있다. 그래서 우린 노인의 말의 경청해야 한다. 노인 한분이 돌아가시면 도서관 하나가 없어진다는 말이 있는데 코로나로 노인 인구가 적당히 가주셔야 한다는 댓글들을 보면 침통하기까지 하다.

노인들과의 대화는 분명 방향과 깊이를 선물로 준다. 말벗이 없는 노인들에게 찾아가는 젊은이들이나 방향을 잃은 사람들이 많음 좋겠다. 우울증이나 정신적 어려움이 있다면 외로운 독거노인들에게 자원봉사로 가서 만나면 좋겠다. 주러 간다고 생각하겠지만 마음 한가득 받아 오게 될 것이다.

12.편의점에서 우산을 훔쳐간 초등학생 어떡할까요<갑을논박>

저도 어렸을 때 문방구에서 훔친 기억이 나요. 그런데 들키진 않았는데 가슴이 넘 뛰었던 기억이 있어요. 아빠 주머니에서도 돈을 훔친적 있고요. 그런데 도둑이 되진 않았어요. 비가 와서 다급해서 가져간 게 아닐까요. 관련은 없지만 아동 학대가 많은 요즘 따뜻한 어른으로 남으셔도 좋을 것 같아요-쎄라.

189

요즘아이들이 20년 30년전 우리세대보다 미디어노출도 심하고 훨씬성숙하다생각해요. 비는,좀맞고 가도될거같은데 내가 비맞는건 싫고 남의것 고의적으로 훔쳐서 그사람이 비맞는건 괜찮다는 그 생각자체가 공감능력이 떨어지는 좀위험하다는 생각이 들어요. 우리때 문방구에서 백원이백원짜리 그런거랑 비교하기엔 먼훗날 영향을 미칠가능성도 있어보이는거같아요... 비가오고,모두가 힘든상황인데(심지어 비예보도 있었는데 본인이 안챙긴거구요) 제가 부모의 입장이라면 그걸알게되서 조금더 따뜻한훈육방식으로 훔친건 잘못됐건 맞지만,너가 반성하고 다신 안그런다면 엄마아빠,널 믿어줄거라고 우리아들최고라고... 제 아들에게 미래에 그렇게 말해주고싶어요..ㅡ (반복된다면.ㅡ아주그냥확!) 그러기위해선 신고자부터 따뜻한 시선으로 부모에게 다가가야할거같구요~ 좋은어른으로서 좋은 아이가되길 바란다는 심정으로 알리면 제가 부모라면 죄송하면서도 너무 감사할거같아요...00맘

....

장발장을 변화시킨 건 은촛대를 훔친 걸 알면서도 내가 준거라

190

고 품어준 신부의 사랑에 있었습니다 고전은 명품이죠. 그안에
지혜가 담겼으니까요.

전 늘 지적하고 훈계하는 가족들속에서 위축되게 자랐습니다
항상 잘못을 지적 당했어요 심지어 자원봉사 다니는 것조차 비
판받았습니다
　저는 20대때 많이 방황했는데 한명의 어른 참으로 따뜻한 기
성 세대였던 김 미숙언니땜에 오늘 날 제가 될수 있었습니다.
사랑을 모든 것의 중심에 두는 가치관을 가진 사람말입니다.
　이 아이가 왜 그랬는지 그 배경은 그 누구도 모릅니다 하지만
우산 하나를 CC 카메라까지 돌릴 만큼 우리 세상은 그렇게 차
갑지 않았음 합니다.

세상의 영악한 아이들... 전 평생 아이들과 함께 시간을 보냈지
만 이상한 아이들은 없습니다. 어른답지 못한 어른들이 많지요
미숙한 어른들밑에 있는 불쌍한 아이들이 늘 안타깝습니다-쎄
라
　아 ... 모두가 살아온 배경이 다르니 또 다른 생각일수있군요
~ 전 반대로 따뜻한 어른의 관심어린 훈계속에서는 진정한 반

191

성과 참회도 이루어 질수있다 생각하며 커와서 다른가봐요^^ 전 가족들도.. 선생님들도 ... 기억에남고 인상이깊은 부분들이 많아서였는지 아이가 비판받고 질타받는다는 생각보단 몰랐을 땐 가르쳐주고 이런 경우에도 사랑으로 오히려 품어줄수있는 어른들도 많다고 생각이 들면 더 마음을 열 수 있지 않을까 싶었거든요~ 여기서 포인트는 씨씨티비를 돌리고 돌려서 어디에 사는 몇호에사는 누구인지 출처를 알기가 가장 어렵고 번거롭기에 사실 불가능하다는거지만요~ 하지만 편의점주인이 누구인지 알고 자주오는 친구라면,편의점주인이라도 따뜻하게나마 그때 우산은 다시 여기 갖다놓는게 좋을것같아.― 많이 찾고계실거야 하며 아는척모르는척 짚고 넘어가주는게 저희아들이라면 그렇게해주길 제가 아들가진 부모로서 바라게되네요~ 한두번의 용서는 좋지만 그것또한 그아이 사정을 모른다는말처럼 이미 여러번의 반복된 일일수도있으니깐요 ~명품 고전과 다른 저의 짧은 생각에 안타깝지만 가장 사랑에 가까운건 저도 아들을키우는 엄마의 입장이니 제 가슴속에도 분명 지혜가 있을거라 생각해요^^ 아들을 사랑으로 훈계해주고 잘못또한 용서해주며 그럼에도불구하고 넌 최고고 사랑한다고 해주면 그 잘못된 행동안에서도 혼자 두근두근하기보단 이 계기로 사랑을 더 많

이 느낄수있게 되지않을까싶어요^^ 좋은 소통과 품어주기는 가족어른들에게 요즘시대에 필요한덕목같아요~ OOO

13..젊은이 내가 좀 도와줘도 되겠나

한 사람이 병원에서 진료한 걸 보험 처리를 하려고 했는데 받기가 여간 어려운게 아니였다. 그래서 혼자 애쓰고 있는데

"젊은이 내가 도와줘도 되겠나? 내가 30년정도 보험일을 했어."라고 흰머리가 고운 여사님이 말을 거셨고 맨처음은 반신반의하였다 저런 소박한 행색의 노인이 뭘 아실까 싶어서 그런데 왠지 친절이 고마워 듣게 되었고 그분이 일러주신대로 하자 손쉽게 보험비도 받게 되었다.

길에서 볼수있는 오지랍퍼 할머니 할아버지 때문에 은근 노인들을 속으로 무시하던 젊은이는 그때부터 노인들을 다시 보게 되었고 노인들과 상담하거나 의견을 들어보는 것이 가치가 있단 생각의 전환이 드는 순간이였다고 했다.

젊은이들의 우울증 자살이 급증하고 있다. 노인들은 독거사로 돌아가시고 있다. 노인들과 대화하는 자원봉사 현수막을 우연히 보았다. 도와드리러 간다고 생각하겠지만 맘가득 채워오는 뭔가가 있단 걸 알게 될 것이다.

노인들은 그저 밥만 먹으신건 절대 아니다.
젊은이들의 지혜를 노인들은 외로움을 이길수 있게 이 두 세대가 만날수 있음 좋겠다.

노인이 하나 돌아가시면 도서관이 하나 없어지는 것과 같다는 말이 생각이 난다.

14.바이러스보다 강력한 지혜

나는 유튜브를 시작했다. 그러고부터 책을 잘읽지 않는 걸 느꼈다. 책내용까지 읽어주는 친절한 유튜버씨가너무 많기 때문이다.마치 백과 사전처럼 유튜버안에 다 있었다. 아침에 일어나서부터 강연들 잘때 심야토론까지 들었다. 정치,경제,문화,교육.

다 알고 싶었다. 그러다가 정보의 홍수속에 빠져 있는나 자신을 발견했다.한번 더 보고 싶은 영상은 딱 하나 있었다. 겨우 딱 하나 나머지들은 두번은 아니였고 심지어 초반에 꺼버린게 대부분이였다 그만큼 가벼웠다

난 유튜브를 하는 이유가 내 자신을 위해서란 생각이 든다. 인성 교육이란 방송으로 지난 5년간 찍어둔게 있다. 난 다운될 때 몇 시간이고 그 영상들을 본다. 대부분 내 내면을 울린 감동을 담은 것들이다.그걸보고나면 다시 활기와 기쁨을 되찾는 걸 느낀다. 사람은 남의 말보다 자기 자신의 말을 가장 잘듣는 존재이다.

누구보다 지혜를 사모하는 나는 여러 명사들의 강연을 들으며 깨달은 게 있다. 지식은 삶의 고통을 해결할수 없다는 것이.다 하지만 지혜는 다르다.그건 모든 고통을 빠르게 해결한다. 문제를 없애는 게 아니다 문제를 바라보는 시각 그걸 의미있게 해석하게 하여 고통을 넘는 성숙으로 단단히 만들어 간다.

유튜브속에서 재미, 지식, 성공등을 보았다 하지만 의미와 지혜

195

를 담은 건 별로 보지 못했다 내 생각에 지혜는 아주 큰 통에 담을 만큼의 폭포수같은 눈물을 흘려본 사람만이 관심갖는 것이란 생각이 든다 큰 고통에 맞닿아 있어야 비로소 지혜는 시작된다고 믿는다

지혜로운 글은 마음에 여러 생각들을 갖게 하고 하루종일 심지어 몇십년동안 잊지 않게 한다. 그리고 그 구절들은 삶을 송두리째 바꿔 놓는다. 심지어 지혜는 바이러스보다 더욱 강력해서 지혜로운 사람과 함께 하는 사람조차 지혜롭게 만든다 .

예전에 읽었던 책에서 이런 예화가 있었다. 수많은 사람이 배를 타고 항해를 했다. 굉장한 권력자도 엄청난 부자도 있었다. 그곳엔 보잘것없는 랍비도 있었다. 배는 목적지를 가는 도중 난파했지만 다행히 한 육지근처라 죽은 사람은 없었다.그러나 그들 모두는 알거지였다. 그들의 소중한 재산,권력은 아무 힘을 발휘하지 못하고 있었다. 랍비는 거기서 사람들을 가르치기 시작했고 벌어들인 소득으로 난파한 사람들을 먹이고돕기 시작했다.

큰 재앙은 모든 걸 순식간에 잃게 하지만 지혜만은 가져갈수가 없다.위기의 시대 한번도 가지 않은 길 사람들이 지혜에 눈뜨길 바란다 사람들은 이 소중한 지혜에 왜 이다지도관심이 없는 걸까 교육은 사람을 지식있게 하지만 자연은 인간을 지혜롭게 한다.

우린 위대한 자연을 방종으로 망가뜨리고 천문학적으로 죽어가는 사람들을 매일 보고 있다.

15. 진짜 1타 강사는 누구인가.

우연히 튜브에서 1타 강사의 강의를 듣게 됐다. 그녀는 전국적인 학생수를 자랑했고 여러 명이 그녀의 브랜드를 만들기 위해 일하는 1인기업이였다.

그녀는 자극적인 모습으로 수험생에게 수업을 하고 있었는데 건전하지 않은 얘길 몇 십분씩 들려주었다.

심지어일반인이나 다른 계열 학생들까지 빠져서 듣고 있었다.

학생들은 쌤의 성공 다이어트, 남자들에게의 인기, 지방에서 올라와 1타가 된 성공담을 듣고 있었다.

난 학생들이 그런 가치관에 물드는 게 슬펐다. 유명하다고 훌륭한 건 아닌데순수한 아이들이 그런 생각들을 그냥 받아들일 게 맘이 아팠다.

적어도 1타라면 훌륭한 가치관을 가지고 있어야 한다고 생각해서 들어봤는데 다른 1타들도 별로 다르지 않았다.

한 작가가 그랬다 한 사람에게 영향을 준다는 건 그 사람의 세상을 바꾸는거라고 요리사는 한 사람의 입맛을 바꾸고, 의사는 한 사람의 건강을 바꾸고 친구는 한 사람의 취향을 바꾸고, 교사는 한 사람의 생각을 바꾼다.

생각이 바뀌면 모든게 바뀐다. 생각이 바뀌면 행동도 습관도 인생도 다 완전히 달라진다.

그렇기에 이스라엘은 나이든 교사에게 자신의 아이들을 배우게 하려고 줄을 선다.지혜없인 인생은 난파된다는 걸 알기 때문이다.이스라엘은 전쟁이 나면 흩어진 이스라엘인들이 조국으로 돌아와 총을 든다.

그런데 우리 나란 잘생기고 예쁜 젊은 교사에게 줄을 선다. 비키니 사진을 학생에게 보여주던 여교사가 생각이 난다. 성적 자극이 가득한 세상에서 교사들은 적어도 바른 것을 가르칠수 있어야 할 존재인데 과연 그런 의식을 가지고 교사를 하는 사람이 몇이나 될까.

한 시골 선생이 좋은 자격을 가지고 좋은 직장도 버리고 아이들을 가르치고 있었다. 어떤 문제아들도 포기하지 않겠다고 결심했댄다. 난 그가 1타라고 생각한다.

16. 균형

난 늘 추구하는 게 있는데 그건 균형이다. 내 책상 보면대에 놓여있는 건 성경책과 비신앙 서적이다. 성경만 읽지도 않고 비신앙 서적만 읽지도 않는다. 한쪽으로 쏠리지 않으려고 노력한다.

외모 가꾸기만 애쓰지도 정신적 지식쌓기만 애쓰지도 않는다. 둘다 균형있게 추구한다. 돈만 따라가지도 지혜만 구하지도 않는다. 돈도 되지만 의미도 담게 하려고 한다.

일방적으로 베푸는 분이 계셨는데 싫다고 솔직히 말씀드렸다. 가만히 있음 회에다가 생선 정식에 어마어한 먹거리를 다 얻어 먹을수 있었지만 일방적인 쏠림이 싫었다. 그래서 굳이 돈을 쓰고 다른 걸 사드리고 왔다.

학생들에게 늘 사소한 선물을 하는데 늘 받기만 하는 아이에겐 선물을 멈춘다. 균형이 깨졌기 때문이다. 그래서 필요하지도 않은 학생의 학용품을 달라고 조른다. 흔쾌히 주는 아이에겐 2배 3배의 선물을 더주지만 절대 안주는 아이에겐 나도 더이상 나누지 않는다.

균형이 깨지지 않으려고 항상 무게 조절을 한다. 그것이 오래 가는 길이라고 나는 믿는다.

200

17. 신중히 사귀어야 한다.

엄청난 영적인 환경에서 자라난 솔로몬도 이방여인들과 사귀면서 그들의 문화가 고스란히 그에게 흡수된걸 보게 된다. 결코 아무와 우정을 쌓을 수 없단 걸 느끼게 하는 대목이다.

작년을 반성해본다 정이 가서 사귄 몇몇 사람들에게 꽤 고통을 당했다. 친구란 관계가 되어지기 전 신중히 시간을 두고 보고 관찰해서 결정해야 한다고 느꼈다. 내가 누구에게 영향받지 않을거라 장담하면 안된다.

직장에서 동료가 자몽쥬스를 자주 마셨다. 그런데 나도 모르게 자몽 쥬스를 고르는 걸 봤다. 세명의 직원은 비타민이나 양배추를 갈아 싸와서 마시고 고구마 먹기로 건강을 챙기자 늘 탄산을 마시던 직원이 중독된 음료를 끊는걸 봤다.

우린 의식적 무의식적으로 가까이 있는 사람들의 영향을 많이 받게 지어졌다. 올해 더욱 지혜를 갈망한다. 지혜만큼 안좋은 걸 피해가게 하는 탁월한 건 없기 때문이다.

18. 부패하지 않는 이유

사람들을 보면 세월이 흐름에 따라 변한다. 10년전 천사였던 사람을 만나게 되었는데 소박하던 그의 손에 금이 번쩍거렸다. 모든것이 엄청나게 변해 있었고 10년전 부딛치던 그 사람은 무척 부드럽게 변해 있었다.

"음~~너무 쉽게 변해 가네 음~너무 빨리 변해 가네 "
 유행했던 노래 가사처럼 참 빠르게 변해간다. 세월이 흐르고 좋게 변해가는 사람도 있지만 악하게 변해가는 경우가 더 많은 것 같다.

부패하지 않는 사람들의 특징이 있다. 고통을 깊게 겪고 밑바닥을 겪은 사람들은 순전함을 유지해간다. 당장의 이득보다 더 가치있는 선택을 해서 무엇이 행복하고 의미있는 길인지를 안다. 그래서 신은 공평하다. 고통과 바닥은 늘 지혜로운 교훈으로 가득차서 인생의 나침반이 되어주기 때문이다.

19. 아름답다

아이의 오물거리는 작은 입술에
지식이 담길 때 아름답다.

돼지 저금통 가득 담긴
동전이 의미있는 곳으로
보내지는 건 아름답다.

제자의 이름을 하나하나 부르며 기도하는
눈물 대장 선생님은 아름답다.

작은 방에서 옹기종기 모여 자고
있는 가족은 아름답다.

작은 가게에서 나눠먹는 소박한
음식들은 아름답다

은빛 머리칼을 한 어른들이 들려주는

지혜의 말들은 아름답다.

작은 집 기와에 둥지를 튼 새의
아침의 지저귐은 아름답다.

오늘도 나를 태운 운전 기사님의
핸들을 지켜주셔서 안전히 집에 돌아온자의
감사는 아름답다.

내가 읽은 감동적인 책을 다른 사람에게
선물하는 사람은 아름답다.

반찬이 세가지를 넘으면 아프리카 어린이
들에게 미안한 사람은 아름답다.

치킨의 맛있는 부위를 양보하는
사람은 아름답다.

약속장소를 그 사람이 가까운 쪽으로 정해주는 사람은 아름답
다.

배우자는 새밥을 주고 자신은 어제밥을

먹는 사람은 아름답다.

나도 좋아하는 물건을 남에게 주는 사람은 아름답다.

모든 연락에 답을 주는 사람은 아름답다.

아주 작은 선물도 깨알같은 글과

친절한 말로 감사하는 사람은 아름답다.

아름답다고 느낀 것을 실천해서

다른 사람의 마음에 남는 자는

참 아름답다.

20. 반짝

자전거를 타면 빠르게 달리는 20대들을 자주 볼수 있다.

화려한 음악과 조명 튀는 의상을 입고 독보적인 스피드로

달린다.

그러나 어느 순간 보면 그들은 보이지 않는다. 중간에 보면 어느 벤치에 누워있고 매우 탈진해 보이기도 한다.

장거리 경주를 완주하는 건 아주 느린 속도를 오래 유지하는 노인들이 많습니다. 정말 좋은 풍경속에서 쉬고 있는 그들을 보면 많은 지혜를 배운다.

힘을 조절하는 것이다.

마치 영원히 살것처럼 부어라 마셔라 하는 소비족들을 본다. 늘 여행사진에 맛집 사진에 어디서 쇼핑한 사진. 하지만 인생은 좋은 날과 궂은 날이 반드시 번갈아 온다. 궂은 날을 대비해서 저축해야 한다. 궂은 날을 대비해서 지식을 닦아두어야 한다. 궂은 날을 대비해서 도움을 흘려보내야 한다.

반짝 잘 달린 선수를 잘뛴다고 말하지 않는다. 오래 달려 완주한 선수가 승자이다. 인생은 달리기랑 매우 비슷해 보인다.지금의 승승장구가 승자는 아니다.

인생은 큰 그림이기 때문이다.

21.무거운 배려

늘 만나면 뭘 주네.난 줄게 없는데 어쩌지..일부러 사서라도 주어야 하나. 사는 수준이 달라서 내가 준 게 맘에 안들텐데..'

하나씩 그 사람에게 받은 게 쌓인다. 기쁘기 보단 부담이 쌓인다. 그 사람은 주는 게 기쁜거 같은데 갚을 게 없는 나로선 여간 난감한 게 아니다.

뭘하다가 양조절 실패로 많이 되서 주는 거나 회사에서 대량으로 들어왔거나 그런 건 부담이 안되는데 왜 비싼데서 밥을 사주고 차까지 못사게 할까.

'저 사람앞에 있음 까닭없이 위축이 되네.'

내가 특별히 없는 티를 낸 것도 아닌데 과하게 내게 베푸는 사람을 마주하며 갚아야 할 빚이 있는 것처럼 왠지 당당하질 못하다.

그 사람은 내게 한량없이 베풀었지만 그 사람 수준에 맞게 갚을 수 없던 나는 자꾸 그 사람에게 도망치고 싶다. 내가 한번이라도 살수 있다면 당당할텐데 몇년간 그런 기회를 한번도 얻지 못했다.

그의 베풂안엔 내 자존심에 대한 배려는 없었다. 나눔을 흘려보낼 때 받는 사람이 작아지지 않을 정도의 분량을 배려하는 건 지식을 넘는 지혜의 영역이다.

22. 행복하다고만 표현하는 사람은 믿지 않는다.

사람의 인생은 불행과 행복이 번갈아 온다. 어쩜 그리도 성실한지 계절의 흐름과도 같다. 봄이 오는 것 같더니 덥기 그지

208

없고 시원한 바람이 불어 살것 같다. 이내 곧 손이 시럽고 눈이 온다. 아무도 지키는 사람도 없는데 계절은 참으로 자신의 일을 성실히 해낸다.

글을 쓴지 오랜데 애정 이웃들이 사라져갔다. 매일 댓글들을 달아주던 사람들이 없어졌다. 항상 맛집이나 행복한 여행만 올리던 그들 어느 순간 잠수를 타더니 포스팅이 멎는다. 어디가 아픈가 사고를 당했나 걱정이 돼서 안부인사도 남겼다. 별일 없단다. 순수한 내용과 사진들이 좋아서 매일 읽던 글 어느 순간 상품홍보를 하고 있다. 형편이 어려워지셨나 걱정이 된다. 매일 올리던 이웃들의 글들 소재의 고갈인가 지겨울 만큼 놀러다닌 곳을 올리고 음식의 사진에 영상까지 올리던 그들이 갑자기 잠수를 타면 걱정도 되고 또 의심도 된다.

글을 쓰다보니 행복만 올리는 분들은 반쪽 같단 생각이 든다. 온라인이든 실제 만남이든 신뢰감이 드는 사람이 좋다. 속이는 듯, 가리는 듯, 감추는 듯, 안그런척 하는 게 싫어진다.

너무 안보여주는 사람도 호감이 안가고 안보여줘야 할것도 너무 거침없이 보여주는 사람도 비호감이다. 선을 정해서 투명하게 드러낼 줄 아는 것이 지혜인거 같다.

23. 그녀들 따라하기

그녀들은 내게 공부를 배운다. 우린 커피숍에서 만나는데 항상 텀블러를 챙겨와서 그 컵에 커피를 사서 마신다. 내가 만나는 그 누구도 그렇게 하지 않는데 유일하게 그녀들은 그래서 그녀들의 그 모습이 너무 좋아보였다.

미세먼지에 플라스틱 소비 세계 1위에 환경문제가 피부로 와닿는 요즘, 작은 실천을 하는 모습은 감동을 준다. 나도 오늘 넘 예쁜 텀블러를 마련했다.당신들의 마음이 봄과 닮아서 저도 마련했답니다. 지혜를 얻게 해주셔서 감사합니다

24. 실패한 사람 만나러 다니기

난 실패한 사람과 만나고 싶었다. 그의 실패 얘길 듣고 싶었다.

그가 어떤 과정을 통해 실패한 건지 알고 싶었다. 하지만 어떤 강연 모임을 가도 늘 성공한 사람만이 나왔다.

자산이 엄청난 사람, 능력이 출중한 사람들이 중요 자리서 목소릴 내고 있었다. 부유함보다 가난이 더 많은 것을 가르쳐 주었듯 난 성공보다 실패가 더 많은 것을 가르쳐 준다고 생각한다.

예전에 만난 원장님은 자기는 잘되는 학원을 인수해서 5년간 아이들을 거의 다 잃었는데 그때 원장으로 배울 건 다 배웠다고 했다.

몇년전 알게 CEO는 우리 나라서 꼽는 회사중 하나를 운영했다가 망했다 .난 그 사람과 가까워지기 위해 애를 썼다. 그리고 이제 친구가 되어 그가 그의 실패를 들려줄 때를 기다리고 있다. 실패가 그에게 가르쳐준 위대한 교훈과 지혜를 배우러 밥 사주고 차사주고 공부하러 간다.

위에서만 배우는 사람들속에서 아래서 배우길 원하는 내 공부는 한동안 지속될 거 같다.

25. 재능

네 손에 있는 건 너의 재능이란다. 너를 기적적으로 크게 만들어줄수도 너를 참담하게 패망시킬수도 있단다. 오직 그 마음에 품은 지혜로만 잘 다스릴수 있단걸 명심하렴.

재능으로 먹고 사는 사람도 있지만 재능때문에 감옥에 는 경우도 있지.칼을 잡은 자의 마음에 따라 살인도, 훌륭한 음식도 나올 수 있듯 재능을 갖고 있는 네 마음을 항상 순수하고 바르게 유지해가길 바란단다.마음이 더워진 재능은 사람들을 공포에 몰아넣기도 하고마음이 아름다운 자의 재능은 수백만의 절망한 사람들을 살려내기도 하지. 너의 재능이 저주가 아니라 축복이 되길 소망한다.

26. 그는 리더가 아닙니다

예전에 정말 빛나는 남자가 있었다. 말과 행동이 남달랐다. 얼굴은 미소가 가득했고 얘길 하면 지혜가 가득했다. 그는 모두가 모인 자리에서 얘길 했다.

"리더도 늦을 수 있습니다.리더도 못나올 때도 있습니다. 하지만 기도하지 않는 리더는 리더가 아닙니다."

늘 말씀을 암송하던 그 남자 17년전 알던 그 사람의 그말이 아직도 잊혀지지 않는다.

27.적당함이 주는 아름다움

내 오래된 친구들중 몇몇은 자신의 개인적 삶을 노출시키는 걸 좋아하지 않았다. 연예인이나 남의 얘기만 하다 돌아가는 만남이 이내 허탈해지곤 했다. 오랜세월 만났지만 그 내면을 본적이 없어 그들에 대해 별로 아는게 없었다.

그래서 한번은 왜 우리의 얘길 하지않고 그들의 얘길해야 하냐고 물으니 이미 충분히 즐거운 데 그럴 필요가 있냐구 하였다. 그래서 껍데기같은 만남을 그만두게 되었다.

어떤 사람들은 불과 몇번 만났는데 부부가 알수 있을 정도의 모든 얘길 들려주어 혼란스러워진다. 강도 높은 얘길 일방적으로 장시간 얘기하기에 그 사람자체가 이젠 부담이 된다. 혹시 만날까 피해가기까지 한다.

나를 보여주는것도 자연이 우리에게 가르쳐주듯 적당하고 자연스러우면 얼마나 좋을까. 적당함의 지혜를 아는 사람들과 동행하고 싶다.

28. 쥐포를 굽다가

빨리 먹고 싶어서 센불에 굽다가 전부 태워서 버렸다. 다시 마음을 다잡고 약한 불에 아주 천천히 구웠다 노릇 노릇 잘 구워졌다.

우리의 일들은 이렇게 천천히 익혀가야 할때가 많은 거 같다.
그래야 제대로 되어지는 거 같은데 자꾸만 조바심이 나고 답답
한 마음이 들어 기다리질 못하고 내가 뭘하려고 한다. 그리고
다 망쳐 버리게 된다.

이번엔 잘 안됐으니 다음엔 마음을 비우고 약한 불에 서서히
익히듯 내 맘을 천천히 성숙시켜 가야 할것 같다. 모든 소중하
고 중요한 건 결코 번개불에 콩굽듯 한 것이 없으니 말이다.
 쥐포야 고마워~ 지혜를 알려줘서

Hasty shortcuts lead to poverty.성급한 지름길은 가난으로 이끈다.

29.친구는 촌스러울수록 좋다.

내가 겪은 세련된 사람들은 그들 맘까지 세련된 건 아니
였다. 그들은 세련되고 외모를 가꾸고 남을 의식하고 어
느정도 보이는 것을 중시하는 삶을 살았다. 대출로 있어
보이는 집을 갖고 남의 이목에 이끌렸다.

내가 좋아하는 사람들은 촌스런 사람들이다. 목이 늘어날 대로 늘어난 옷을 입지만 실은 그들은 옷이 없는게 아니였다. 옷에 관심이 없고 외모 가꾸기에 무관심한 사람들이였다. 그들과는 경쟁할 필요가 없어서맘마저 편안했던 것 같다.

내가 촌스런 사람을 좋아했던 건 "돼지가 한마리도 죽지 않던 날"이란 책에서 아버지가 아들에게 들려주는 말을 듣고 부터였던 것 같다. 아버지는 아들에게 보통은 자신의 깊은 연륜이 담긴 지혜로운 말을 해주기 마련이다.
    "친구는 촌스러울수록 좋고말은 적을수록 좋단다."

난 외모를 무척 가꾸는 타입이고 말도 무척 많이 하는 사람이지만 친구는 촌스럽고 말이 적고 주도적이지 않은 사람을 좋아한다.그들하고 있음 맘이 편해지고 배우는 게 많고 부끄러운 반성을 자주 하게 한다.나이가 들수록 외모보단 내면이 단장된 구수한 사람들에게 끌린다.

30. 가장 맛있었던 국수

난 별로 국수를 좋아하진 않는다. 친구 돌잔치때도 보답으로 주신 색색 국수를 유독 사양하고 안받고 온 사람이 나다. 우리 동네 유명하고 싼 국수맛집이 있지만 몇 번 안가봤다.

집에서 요릴 안하기 시작한 지 2주째 아침으로 먹을 게 당연히 없다. 먹을 게 없어서 굶고 간 교회에서 점심으로 항상 국수가 제공되는데 아 정말 그 맛이라니 찬양도 열심히 불러서일까 너무나 허기졌던 나는 국수를 정말 맛있게 먹었는데 국수 면발 하나하나가 입안에서 그대로 그 식감을 자아내는데 정말 너무나 맛있어서 국수가 이렇게 근사한 음식이였나 하고 생각이 들 정도였다. 국물 한 방울도 안남기고 며칠 굶은 사람처럼 잘 먹었다.

식당을 가면 밥을 거의 남기고 가는 사람들을 자주 본다. 또 아이들이 식사를 넘 안해서 걱정이란 얘기들도 종종 듣는다. 잠시 이런 생각이 들었다 넘 풍요롭고 넘치는 것이 때론 독이 될 수 있단 걸 말이다.

예전에 반찬 투정하는 자식을 그냥 굶겼단 어느 분의 얘길 들은 적이 있다. 그랬더니 그 자녀가 너무 배고파서 울면서 식사를 했다고 했고 다신 반찬 투정을 한적이 없다고 했다.세상은 풍요로운 것 같지만 운동하고 돌아오는 길 아직도 쓰레기를 뒤지는 할머니를 만나곤 한다.

늘 국수 면발을 세며 억지로 먹던 내가 국수 면발을 오감으로 느끼면서 감탄하며 먹기까지 난 배고픔이란 결핍을 경험하고 난 변화였다.

결핍만큼 많은 걸 가르쳐 주는 것도 드물단 생각이 든다. 사랑할 수록 적게 주는 것도 지혜가 아닐까. 어려서 부터 딴 방에서 재우고 20세면 독립시키는 서양인들과 캥거루족이 되어 결혼해서도 등골을 빼먹는 한국의 자녀들이 교차해서 지나갔다.

31. 책 한줄 안읽고 남들을 만나지 말자.

난 즐거운 것도 좋지만 의미있는 게 제일 좋다. 좋은 책을 읽고 그 감동을 실천했을 때 삶은 의미있어 질거라 믿는다.

한 줄 좋은 글도 안읽고 남을 만나지 말자. 누군가의 맘을 시원케 할 한마디를 하는 지혜를 갖고 싶다. 그 지혜는 성경에서 온다.

32. 태어나서 처음

하루종일 난 밖에도 안나가고 도스토옙스키에 빠져 지냈다. 그에 대한 글이나 영상등을 보고 배우며 지극히 가난해서 글을 써서 선불받은 돈으로 살던 그가, 불온 서적을 읽었다고 사형 선고까지 받았다가 극적으로 살아나서 감옥에 갇혔던 그가, 그 정신적 고통으로 간질까지 앓은 그가도박의 중독으로 빈털털이로 늘 지내던 그가, 어떻게 그 암흑같은 배경을 이기고 위대한 글을 쓰는 작가가 되었는지에 관심을 갖게 됐다.

난 그가 이 모든 난관을 이길 힘을 정신력에서 얻었으며 그 정신력의 바탕엔 정치범에게 주어졌던 한 권의 성경이였던 것을 알아냈다. 그는 성경을 외울 만큼 읽었다. 그건 그가 할수 있는 유일한 독서였던 것이다.

죄와 벌에서 세상에 살면서 자유롭지 못했던 주인공이 감옥에 들어가면서 새롭게 변화되는 순간이 기록된다.그는 처음으로 노래나 기쁨, 행복을 아이러니하게 감옥에서 발견해간다.

소설의 주인공처럼 도스토옙스키도 감옥에서 새로운 사람으로 면모된다.

그리고 그를 대문호로 만든 데는 20세이상의 연하의 아내의 지혜에 있었다.도박을 끊지 못하는 그에게 반지를 팔아 돈을 주며 도박을 하고 오라고 한 아내의 희생적 사랑에 감동받은 그는 결국 도박을 끊게 된다.

러시아의 위대한 문호들이 있지만 그들은 거의 부유했다. 유독 돈을 위해 펜을 들었던 도스토옙스키가 러시아인의 사랑을 더욱 받은 것은 그가 험난한 자신의 삶속에서 헌신적 사랑속에 피폐해진 자신이 회복되어 간 경험을 갖고 온기있는 글을 썼기 때문이다. 러시아엔 도스토옙스키역이 있다고 한다

예전에 거리로 나간 정신과 의사의 도움을 받은 한 우울증 환자의 감사가 생각난다.

"저는 태어나서 처음으로 누군가 아무 사심없이 돕는 사람 그것도 진실히 돕는 사람을 보고 감동을 받았습니다. 저역시

219

그런 사람이 되겠습니다."

위기의 순간에 나만 남는 사람이 아닌 우리로 같이 남는 사람
이 되길 바래본다.

33. 아파주어 고마워.

누가 아파서 병원에 간적이 있다. 그때 의사선생님이 얘기하셨
다. "사람은 참 미련해 도데체 쉴줄 몰라. 동물은 아프면 굴에
들어가 쉬는데 인간은 아파도 쉬질 않아. 그래서 일하다 유일
하게 죽는 동물이 인간이야." 그때 참 심오한 지혜를 배웠던
기억이 난다.

요 며칠 아팠다. 처음으로 야위어졌단 말도 듣고 특히 목이 아
파서 견디기가 힘들었다. 그러면서 생각이 들었다. 얼마나 내가
수다스럽고 잘난체를 많이 했음 이리 목이 아플까. 늘 카랑카
랑한 목소리로 한 자신감하던 내목소리는 형편없이 풀이 죽었
다. 그러면서 참 많은 귀한걸 배웠다. 적게 말하니 남의 얘기가
많이 들렸다. 그리고 그들의 말 속에 담긴 지혜로 내가 미처
생각하지 못한 걸 깨 닫게 되었다.

'아파주어 고마워 안그랬음 도데체 쉴려고 안했을텐데 덕분에
잘쉬고 있어. 이제 몸을 더 소중히 여기며 말 적게 하면서 살
아볼게.'

220

34.안목

한 모임을 갔습니다. 너무 느낌좋은 사람이 있어서 내심 그 사람을 찍어두었다. 우리가 흔히 말 하는 호감형이였다. 예쁘고 패션감각도 있고 사람 대하는 것도 매너있고 모임때마다 작은 간식을 가져와서 나눠주는 모습이 좋아서 그 사람과 가까워지고 싶어서 말도 걸고 연락처도 주고 받고 모임때가 아니더라도 친구처럼 같이 쇼핑도 가고 좋은 곳도 같이 다녔다.

호감가던 그 사람은 내 친구라는 존재가 되었지만 시간이 갈수록 맘이 어려운 행동을 많이 하였고 급기야 자기 경험을 공감하지 못한다고 분노로 카페 테이블을 내리치는 사건이 발생했다. 도저히 호감형 그 사람은 내 맘속에서 더 이상 호감형이 될 수가 없었다.

하지만 비호감형이던 다른 사람은 너무 강했고 말마다 거슬리기가 일쑤였고 말을 붙이면 자기 몰두하는 거 안보이냐구 하며 기다리라고 말하는 둥 무안해서 귀가 빨개지기가 다반사였다. 어떡하면 저사람과 멀리 앉아볼까 내심 연구하곤 했다. 그런데 시간이 지날수록 비호감 그 사람이 웃는 얼굴이 선해 보이고 밖에서 우연히 만나도 꼭 인사를 하곤 했다. 나중에 무슨 일로 그 사람이 떠나게 되어 못보게 된다고 할때 무척 섭섭하기 까지 할만큼의 왠지 모르는 정겨움이 있었다.

나이를 먹어가면 안목이 저절로 키워지는줄 알았는데 아직도 보이는 이미지나 느낌, 인상, 목소리톤, 지적인 성향에 매여 그 사람의 본질을 못보는 걸 보면 저절로 되는건 아무것도 없단 걸 배운다.

나에게 꼭 도움이 될것 같던 그 사람이 한없는 쓰라림이 되고 수없이 많은 상처를 주던 그 사람이 크게 좌절되는 시기에 내 손을 잡아주는 일을 보며 너무 믿지도 말것이며 넘 싫어해서도 안될 것을 인생에서 알게 된다.

그저 단정짓지 말고 시간의 지혜에 맡겨 여유있게 보고 내 부족한 안목이 자라나길 바래본다.

35.에코백

내 손바느질 에코백의 글을 보고 한 이웃님이 연락을 주셨다. 에코백을 주고 싶다는 것이었다. 허접하긴 했나 보다. 하긴 약해서 핸드폰만 넣고 다닐 수 있고 좀 더 넣으면 실밥이 튀어나온다. 그래서 이따가 만나기로 했다. 여기서 버스로 한 시간 20분 정도 걸리는 곳에 사시는데 내 집 근처에 올 일이 있다고 연락을 주셔서 만나기로 했다. 착불 택배로 주십사 부탁했는데도 내 주머니 사정을 배려해서 직접 주시려고 하시는 거 같았다.

이 세상이 변했고 삭막해졌다는 글을 읽었는데 난 매일매일 사람들이 선하다고 생각이 된다. 어제 뉴스엔 아파트에서 투신 자살하려던 사람을 구하려 이불을 들고 뛰어내려간 사람들이 영상이 나왔다. 그리고 밑에 집사람이 설득해 베란다에서 구출해 내는 걸 보았다. 세상은 삭막하지 않다. 어떤 눈으로 보느냐에 따라 세상은 완전히 다른 곳이 된다. 자극적인 것만 뉴스에 나오지만 세상엔 온정도 차고 넘친다.

같은 길을 둘이 걸어도 안 좋은 것만 보고 느낀 사람도 있고 따뜻하고 좋은 장면만 보고 맘이 좋았다고 느끼는 사람도 있다. 세상이 문제가 아니라 내 시선의 조율이 우선이다.
시선은 마음에서 나온다. 맘속의 미움, 질투, 분노, 시기, 성급함, 결과 중시, 성공만을 따르면 아름다운 것이 안보인다. 아름다운 것은 늘 있어 왔다 .그걸 볼 수 있는 시력을 잃어왔을 뿐이다.

Chapter 8. 질투가 찾아올 때

1. 내 엄마

난 엄마랑 평생 갈등 관계였다

엄마의 자식이지만 잘 맞지 않는다고 할까. 4남매나 되니까 내가 굳이 제일 사랑받아야 한다고 생각은 안했다. 엄마도 취향이(?) 있으니 취향을 존중해줘야 한다고 생각했고 여동생과 찰떡이였던 엄마는 여동생을 단짝으로 대하셨다. 난 섭섭했는지 아닌지 잘 모르겠다. 엄마에게 늘 애증을 느낀 나는 엄마가 몹시 좋기도 몹시 싫기도 한 양가 감정을 느꼈다. 여동생이 부럽기도 했고 질투도 느꼈다. 하지만 난 엄마의 사랑이 전부는 아니라고 늘 내게 말해줬다. 그거에 대한 상처로 난 과도히 칭찬하는 사람이 되었다.

엄마는 행동으론 정말 잘해주시는데 말이 인색한 분이셨다. 그래서 말로는 대접을 못받았다. 난 따뜻한 말한마디가 늘 듣고 싶었던거 같다. 그런데 엄마도 그런 걸 받고 자란 게 아니니까 그런 걸 흘려보내기가 쉽지 않았을꺼라 생각한다.

우리 엄마에게 삐져서 반항하느라 근 일년 전화를 안한 적이 있다. 우리 엄마는 내게 전화를 하신적이 열번이 안된다. 나만 일방적인 관계를 싫어해서 나도 계속 버텼었던 기억이 난다.

하지만 난 내 삶을 살면서 위대한 엄마의 사랑을 자주 느낀다. 어떤 기억이 떠올랐거나 어떤 일이 있었거나 어떤 말들이 스쳐서 그런건 아니였다.그저 내 삶을 바쁘게 살다가 두 식구 살림 꾸려가기도 힘들다고 느낄 때 우리 엄마 네 명 어떻게 키웠을까. 생활비도 잘 안갖다준 우리 아빠랑 살면서 얼마나 삶이 거칠었을까. 갑자기 떠올라 뜨거운 눈물이 난 적이 있다.

엄마가 정겨운 말을 건내지 않아도 전화하지 않아도 난 알고 있다. 무뚝뚝한 우리 엄마는 뜨겁게 나를 사랑했다는 사실을 말이다. 단짝 여동생만이 아니라 엄마는 우리 네명을 모두 사랑했다는 걸 말이다.

엄마를 반백년 오해한 딸의 눈물은 뜨겁다.

2.괜히 싫은 사람

살다보면 괜히 싫은 사람이 있다. 내게도 그런 사람이 있는데 어느 배우가 싫었다. 그 배우는 정말 좋아하는 사람이 많았고 비호감일 요소가 별로 없어 보였다.

그러다 책을 읽다 이 구절과 만났다.
"배타성은 자기 취약성을 드러낸다."

내가 싫어하는 사람들을 보았고 그들이 어떤 공통점을 가졌는지 보니 어떤 부분들이 있었다. 그 안에서 난 내 취약성을 보게 되었다.

말많은 사람, 언어가 센 사람, 자신이 리드해가는 사람. 내가 싫어하는 사람들은 이런 공통점이 있었다. 자신감이 넘치는 사람들을 싫어했다. 그들은 대부분 외모가 좋고 자신의 일에 성과를 내고 두드러지는 사람들이였다. 그런 잘나고 잘나가는 사람들이 왜 싫을까 .질투일까 그럴수도 있다. 아무튼 잘난척을 어떤 식으로든 담는 사람들에게 거부감을 느끼고 있었던 것 같다.

이제 배타성보다는 수용성있는 자세로 새해를 맞아봐야 겠다
오랜 세월 사람들중 싫어하는 부류가 많았다면 이제는 살만큼
살았으니 좋아하는 부류를 더 가지면 어떨까 하긴 그들의 잘남
이 내게 해가 될 건 무언가.

3.만만한 사람

세상은 도도하고 거만하고 위엄있고 카리스마 넘치는 사람들로
넘쳐난다. 길을 물을 때 제일 말걸고 싶은 사람이 만만한 사람
이다. 그리고 그런 사람들이 무난하기 때문에 대하기가 좋다.

잘난척하고 으시대고 있는 체하고 하는 사람들 틈바구니속에서
만나고 싶은 사람은 만만한 사람이다.

편할 것같고 날 질투나게 할 것 같지 않고 어떤 경쟁심도 이끌
지 않을것 같고 어떤 일이 있어 늦거나 어떤 급한
일로 약속을 취소해도 봐줄 것 같은 사람, 그는 지나치게 예쁘

거나 잘생기거나 늘씬하거나 멋지거나 화려하거나 명품을 둘렀을 것 같지 않고 수수하고 평범하고 무난하고 사람좋은 미소와 적당한 뱃살과 주름살도 가졌을 것 같다.

만만한 사람을 친구로 갖고 싶고 또 사람들이 오르기 힘겨운 산봉우리가 아닌 쉽게 오르는 뒷산같은 만만한 사람이 되고 싶어진다.

다들 넘 똑똑하고 예쁘고 잘나고 으스대니까 만만한 사람이 그리워진다.

4. 전성기

나는 허름한 빌딩에서 일하고 허름한 집에서 살고 있었다.
'내 전성기는 언제 올까' 이 글을 책에 적고 있을 때 갑자기 이 맘이 떠올랐다
 '지금 내 맘이 전성기일수 없다면 성공한 후엔 과연 내 맘이 전성기일까'

이 영표선수가 오랜 세월 꿈 꾸던 걸 이루고 첨 들었던 맘이 이거 였다고 했다.

'이게 뭐야?' 꿈을 이뤘는데 그의 맘은 전혀 기쁘지 않았다고 했다.지금 내 맘이 전성기를 이루지 못한다면 나중은 과연 가능할까.

맘이란 곳은 저절로 아름다워 지는 법은 결코 없다. 미움 질투 화냄의 잡초를 하나 하나 뽑아내야 아름다워지는 노력의 정원 이다.

전성기로 가는 내 맘, 오늘도 미움의 잡초를 뽑았다

5. 나는 늙어가는 것이 좋다.

난 늙어간다. 흰머리가 잔뜩 생겼다. 앞 머리를 까면 무서워서 확덮는다. 할머니같아서. 어느덧 옆 머리 전선에도 흰눈이 내렸 다. 눈도 침침해졌다. 내가 문서 보는 걸 보고 동료가 한소릴한 다. 안경껴야겠다고. 나도 모르게 눈을 찡그렸나보다.

나더러 젊어서 부럽다고 했던 직장 언니들도 있었는데 이젠 동료와 띠동갑에 20년 나이 차이도 난다.

난 더이상 동료들과 경쟁하지 않는다. 이미 라이벌을 벌일 나이가 지났기 때문이다. 난 동료들이 예쁘면 아주 충분히 칭찬해준다. 질투는 나이를 먹어감과 동시에 옅어졌다 .평생 한 교사인 나는 그동안 만든 자료들을 무제한 공유한다. 차비와 시간들을 들여 받은 교육을 무료로 가르쳐 준다. 죽으면 가져갈 기술이 없단 걸 알기 때문이다.

띠동갑 동료는 가정사를 내게 상담한다. 내 인생 문제도 사실 해결 못했는데 난 점심시간에 밥을 어디로 먹었는지도 모르게 동료의 가정사에 푹 빠져 상담해준다. 점심좀 편히 먹게 해주지 매번 따라온다 ㅎㅎ

선생님 이뻐요, 늘씬해요 이런 얘긴 이제 가물의 콩나듯 듣는다. 쌤 엄마같아요 포근해요, 편해요라는 말을 듣고 심지어 달려와 안기는 애들도 생겼다. 엄마와의 공통점이 턱살이란 얘기도 듣고 심지어 어떤 학생의 엄마보다 훨씬 앞선 나이가 되버렸다.

아이도 없는 내게 아이들이 안기면 뭉클한 느낌이 든다. 그래서 자식들이 그리 반항해도 다들 키우고 사시나보다. 허리까지 오던 옷들이 이제 엉덩이를 덮는 옷들로 거의 교체되었다.

다채롭던 헤어스타일은 어느덧 단발과 컷을 반복하다가 빠마를 간혹 한다 젊은 동료에게 여자들은 왜 나이들면 머리가 짧아지냐는 질문을 듣는다. 그것도 모르니 귀찮아서지.외모지상주의에 몹시 빠져있던 내게 어느 순간 외모가 옅게 보이고 심성이 보여진다.

당신의 젊음이 당신의 상이 아니듯 나의 늙음도 내 잘못에 대한 벌은 아니다란 영화 대사에 가슴이 쓰라리던 늙음에 대한 막연한 두려움. 하지만 늙어가며 나는 알게 된다.칭찬에도 더 이상 춤추지 않고 비난에도 더이상 무너지지 않는 내 맘의 안정감을.

231

나의 육체적 매력은 점점 시시해진다. 하지만 바위같이 단단해지는 내면은 내 맘에 휘파람을 불게 한다.

나는 늙어가는 게 좋다 여자에서 인간으로 되어져 가는 나와 매일 만나는 기쁨,성숙의 기쁨~

Chapter 9. 나의 실수담

1.맞춤법 틀리는 사람

난 오늘 간단한 게시글에 맞춤법이 틀렸단 말을 들었다. 아이고 이런 내가 두번째 책을 180장이나 쓰고 있다. 하루 종일 나가지도 않고 글을 쓰며 열정을 불태우고 있다. 어느 교수님이 이기적인 유전자란 책에 빠져 하루 종일 읽었더니 새벽이 되었는데 밥을 한끼도 안먹었다고 했고 자신의 인생은 그 책을 읽기 전과 후로 나뉜다고 했다.밥먹기를 잃을 만큼의 열정...나도 버금가는 열정을 가지고 있다.밥은 먹었지만 나가지도 않고 글을 썼는데 다섯 시간이 지나 있었다.

사실 며칠전

"재능이 없으니 그만 쓰지 그래?"라는 말을 반쪽에게 듣고

"라이트 형제도 비행기를 만든다고 할때 그만두라고 한 사람이 누군지 알아? 그의 아버지야!! 원래 가까운 사람은 재능을 못 알아보는 법이야!"라고 큰소리 쳤지만 그래도 위축되어 쪼그라 드는 기분은 어쩔수 없었다. 내 첫 책을 주었더니 하루만에 맞 춤법 체크를 해서 돌려주던 나의 최측근.

맞춤법틀리는 작가도 귀엽지 않나 하는 생각이 들 무렵-나의 셀프 자존감 회복-요리 못하는 요리사? 음정틀리는 가수? 색 감없는 화가? 이렇게 생각해보니 그건 아니다란 생각이 들어 우울감이 확 부어지려는 순간

샬랄라

작년에 내게 어느 분이 주신 댓글이 오늘 날짜로 딱 수면에 떠 오르는게 아닌가. 내 블로그는 오늘 날짜로 쓴 게시글이 7년전 것부터 열개 이상 뜬다. 이렇게 위에 계신 분이 날 위로하시고 힘을 주시나 하며 맘이 뭉클해진다

233

우린 완벽한 논리와 문맥, 맞춤법을 갖춘 신문 사설을 읽고 뜨거운 눈물을 흘리며 인생이 달라지지 않는다. 하지만 맞춤법이 틀린 우리 부모님이 내게 보낸 카톡에 펑펑 눈물을 흘리곤 한다. 그곳엔 짙은 감동이 있기 때문이다. 내 붓을 꺽게 하는 많은 우울함이 찾아와도 난 단호히 거부한다. 누군가를 분명히 바꿀 힘이 내 글에 있단 걸 믿기 때문이다.그건 질그릇에 담긴 보화인 그리스도때문이다.

#제맞춤법 고쳐주신 분께 감사드려요.진심입니다. 그 단어는 이제 또 틀리진 않게 되었거든요.

2.이빨빠진 호랑이쌤

난 요즘 정말 실수를 많이 한다. 급기야는 어떤 학생네집에 전화해서 상담을 했는데 알고 보니 다른 아이집이였다. 코메디도 이런 코메디가 있다니 정말 평생 첨있는 신기한 실수였다.

어제는 한시까지가서 회의를 하는 날인데 난 느긋하게 한시 7

분에 버스를 타면서도 내가 12시 7분에 타고 있다고 생각했다. 모두가 나때문에 두시에 회의를 했다.

뭔가의 생각에 골몰하다가 학원 식당에 반찬 7개의 뚜껑을 닫는 걸 잊기도 했다.한소리 들은 후 아차 하고 두껑을 닫았다.

한 학생을 울려서 지문이 닳도록 사과하기도 했다.리스닝 수업 듣기를 다른 걸 틀어 아이들이 다른 걸 풀기도 했다. 그런데 13번이나 잘못들려줬는데
"쌤 13개 다 지울께요"
'헉 이렇게 착한 애들이 있다니...'

난 실수를 정말 매 순간 한다. 그래도 내가 직장을 다니고 내게 배우고 날 아껴주는 사람이 있다는게 기적이다.그래서 난 실수하는 사람들을 잘 이해하고 다그치지 않는다 숙제를 못해와도

"괜찮아 그럴 수도 있지 많이 피곤했구나 담에 잘해와."이 말을 입에 달고 산다.내 부족함을 이해받았으니 나역시 학생들을

235

부족함이 그냥 이해가 된다.한때 호랑이쌤으로 아이들이 부들부들 떨던 시절도 있었는데 이젠 아이들이 놀리고 복도에서 팔로 막으면서 건너가보라고 장난을 친다.이빨 빠진 호랑이쌤의 삶이 좋기만 하다.

3. 한번더

두번 내게 실수를 한 사람이 있었다. 화내고 끝내고 싶었다. 하지만 맘속에서 "한번더 기회를 주렴" 이런 소리가 들렸다.난 그 소리에 응답하기로 결심했다. 그리고 그 대상이 뭔가를 묻자 밥도 안먹고 온갖 정보를 찾아서 알려주었다.

약속을 한 사람이 있었는데 내가 사정이 있어 이번에 만날지 아닐지 몇 번을 바꾸었다. 그 사람은 내 톡을 읽씹한채 4일이 지났다. 나도 그 사람에게 미안한 부분은 있었다. 약속을자주 바꾼것 말이다. 그런데 난 읽씹을 정말 싫어해서 그만 보고 싶은 생각이 들었다. 왜냐면 그 사람이 몇 년만에 연락와서 이어진 관계여서 그 사람의 간절함으로 이어진건데 이게 뭐람.. 이런 생각이 들었기 때문이다. 역시 이번에도 그 소리가 내면에서 들렸다. 기회를 줄뿐 아니라 선물까지 주어 보냈다.

내 잘잘못을 누군가 따지는 일이 생겼다. 사실 그 사람의 불성실함을 한번 짚고 가야할 타이밍이라고 생각하던 참인데 그 사람이 날 지적하니 적반하장같이 느껴졌지만 서로 봐주자고 얘기 마무리했고 오히려 칭찬도 듬뿍해 주었다.

몇 주내내 기회를 주란 음성때문에 5명을 잃지 않았다. 그동안 내가 잃은 관계들은 그들이 개념이 없어서가 아니라 내가 받을 그릇의 용량이 작아서 생긴 일이였단 맘이 든다.

칼을 들기전 기회를 주자.
한번더! 기회를 줘도 좋다.
내 주변에 사람이 없는 건 좋은 사람이 적어서가 아니다 내가 가진 칼이 너무나 예리하고 그걸 자주 사용해서 그런 것이다 .

4. 저도 글로 써주면 안되요?

"있잖아 한 아이가 자길 글로 써달래서 어떻게 쓸까 생각중이야"

"쌤 저도 써주면 안되요?" "되고 말고"

예쁘고 공부도 잘하는 이 아이 이 아인 늘 호기심천국이다. 내가 칭찬을 해주면

"다른 애들은 안그래요?" 하고 다른 아이들 파악에 나선다.

이 봄같은 아이의 질문이 난 즐거워서항상 호탕하게 웃는다.

밖에 할아버지께 민폐가 될텐데 이 큰웃음 소린 평생 안고쳐진다.흐어억

내가 내주는 숙제는 거의 8개가 넘는 거 같은데 이 아인 세상에 그걸 다해온다.

심지어 내가 채점하기 좋게 다 일괄로(?) 펴놓기까지 한다 그걸로도 모자라 CD까지 넣어 둔다. 기계치인 내가 CD틀기를 틀리면 나무라지(?) 않는다 실수하면 막 야단치는(?)어린이들도 많은데

이 아인 참 포근하다. 처음엔 실수할 때 긴장해서 화장실을 갔

238

던 아이가 내가 실수로 컵을 안가져가자 화장실간다며 컵을 가져다 준 아이로 다가와 있다.

이 아인 실수를 안아주는 맘이 넓은 그런 아이다. 난 아이에게서 그런 넓은 마음을 늘 배우고 있다. 고마워요 작은 선생님☆

5.주홍 글씨

어제 다큐를 하루 종일 보다 느낀게 있다. 진행하는 연예인에 대한 비난과 조롱이였다.그녀는 10년전쯤 말실수를 한거 같았다. 그것때문에 온갖 영화,드라마에서 제외된 듯 보였다 무려 10년!!!!이 지났는데도 사람들은 계속 그녀를 욕했다.

한 댓글이 인상적이였다.
"10년이 지났어요.그녀가 충분히 벌받은거같은데요.이제 그만들 하세요!!"

그녀가 무슨 잘못을 그렇게 한건지는 자세히 찾아 보질 않았지만 사람들이 용서하지 않는 세월이 잔인하단 생각이 들었다. 만일 자신들이 어떤 잘못을 저질렀는데 십년간 누군가 용서하

지 않고 계속 욕한다면 그것도 여러명이라면 당신은 어떡할것
인가.

주홍글씨의 S가 죄인(sinner)에서 성인(saint)으로 바뀌기까지
아마 그 손가락질당하는 대상자는 끔찍한 시간들을 겪을지 모
른다.사랑은 바위에 새기고 섭섭이는 물결에 새겨 흘려보내자.

한 아이의 말이 생각이 난다.
"난 잘해준 건 하나도 기억에 나지 않고 나쁘게 해준 것만 기
억에 나요!"
나쁘게 한 것만 기억한다면 그는 내면이 어린아이일 것이다.

6. 지나친 자신감

내 삶에 들어온 사람이 있다. 공감도 잘해주고 온유하고 해서
좋아했다.뭐 좋은 게 생김 나눴다. 겉으로 볼 때 그 사람은 겸
손했다.그래서 좋은 맘을 갖게 됐다. 그 사람이 내 호감을 눈
치챘는지 내게 가까이 다가왔다. 세시간 넘게 대화를 나눴다.

선물도 주고 친절하였다.

하지만 대화를 할수록 불편해졌고 대화가 끝날 무렵 그 사람이 또 만나자고 하면 어쩌지 하고 걱정이 됐다.

그 사람은 솔직하고 자신감이 넘쳤다.자신의 실수를 말한다 했지만 자기 자랑이 넘실댔다. 난 조금 당황되었다. 자기 입술로 자신을 저렇게까지 칭찬해도 되는지 아니 할수 있는지.. 나도 오랜 세월 글을 썼지만 나자신이 문인들보다잘쓴다고 생각해본 적은 단 한 번도 없다. 생각한적이 없기에 당연히 말한적도 없다. 물론 제 삼자의 입을 통한 자신 칭찬이였지만 결국 자신의 입으로 자신을 칭찬한거였다. 웃으며 장난으로 얘기할 순 있지만 진지하게 자신의 능력을 그렇게 말하고 있었다.

그 사람은 9가지 이상이 장점이 많다. 그런데 한가지의 단점 그 부분이 난 어려웠던거 같다. 나도 자신감있고 솔직한 사람인데 내 자신감과 솔직함이 겸손을 통과했는지 항상 점검해야 겠단 생각이 들었다.

7. 험담이라는 별식

"그 집 엄마 있잖아 그랬대잖아"

"정말 그렇대? 충격!"

운동을 하거나 일하러 다니느라 이동중 여자들의 대화가 들린다. 난 여자들의 치명적 단점이 있다고 생각한다. 그건 헐뜯는 것이다.

커피숍을 가든, 운동을 하느라 다니든 길을 걷든, 두 세명의 여자들이 몰려 있음 분명 하나를 비방하고 있다.

남자들도 그럴수 있다. 내 인생에서 관찰한 바로는 남자들은 공인들 얘길 더 자주한다.스포츠 선수들,정치인.. 물론 그들을 헐뜯는 건 비슷할수 있지만 직접적으로 피부로 느껴지는 경우는 아니다.남자들은 돈과 관련된 얘길 더 많이 하는 것 같다.

비방하는 건 정확히 세사람을 죽인다.

자신,듣는 사람,얘기 대상자

비방과 수군거림이 계속되는 이유는 재밌기 때문이다.맛있는 음식처럼 배속 깊은 곳으로 내려간다 온라인상에도 한 사람을 지목해서 성토하는데도 부족해서 여럿이 같이 성토한다.이 정도면 무섭단 생각이 든다.세치혀로 살해하는 건 우습단 생각이 든다.옳고 그르다는 중요하지 않다 중요한 건오직 자신의 감정을 건드렸다는 것이다. 이제 우리도 어른인데 언제까지 감정으로 살까 용서해주고 봐주고 품어주고 할 생각은 왜 조금도 갖지 않을까.내게 실수한 누군가처럼 우리도 남에게 실수할수 있다.

예전에 좋아하던 사람이 있었는데 말수가 적었다. 내가 비밀을 이 사람에게 많이 털어놨다 입이 무거워 보였기 때문이다.이 사람이라고 맛있는 음식을 먹고 싶지 않았을까.

나 자신도 입이 가볍고 말하기를 좋아하는 사람이다 뒷담도 많이 한 부끄러운 사람이다.그래서 이 문장들을 늘 암송했다.
"듣길 속히 하고 말하길 더디하고 화내길 더디하라"
올해보다 더 성장된 미래의 나와 만나고 싶다.

243

8. 나는 좀 자랐다

난 예전에 어떤 일을 미숙하게 마무리를 했다. 감정의 욱함에게 행동의 운전대를 맡긴 것이다.혼자 반성을 했다. 국가적 역사만 반복되는게 아니고 경제만 어떤 주기로 반복되는게 아니고 개인의 역사도 순환된다 비슷한 일을 또 만났다.

또 욱!이가 올라왔다 .

하!지!만! 전에처럼 처리하지 않았다. 가까스로 했다 솔직히는 못할뻔 했다. 힘들었다. 그래도 했다 그리고

내 맘이 쑥 자라난걸 느꼈다.

그때의 반성이 내 행동에 영향을 끼친 내 인생의 역사에 작은 획을 그은 날이다.

좋은 마무리는 항상 밝은 시작을 선물로 가져온다고 믿는다 .

가볍게 시작의 문이 열려지지 않는다면 내가 무겁게 닫은 문이

있었는지 점검해봐야 한다. 자신에겐 좀더 성실한 잣대로 남에

겐 실수를 잊어주는 대인배의 마음이 필요하다.

 반성은 진하고 두터울수록 좋다 .

 진실한 사람은 비밀을 지켜주고 떠벌리지 않는 법이다 .

9. 낮 놀이터

낮에 놀이터를 가본다.지역마다 다를 수 있지만할머니,할아버지

밖에 없는 놀이터. 왠지 안전하다는 느낌과 편안하단 생각이

든다.뭐가 그리 바쁘게 허둥지둥 빠르게 살았을까.언젠가 나도

저들처럼 노인이 된다.지금도 머리에 흰서리가 앉고 있다. 매달

염색하며 늙어감을 애써 감추려고 했다.

그런데 늘 검정 머리로 80을 사신 우리 엄마 작년부터 백색 머

리를 가지셨다.

이제 염색하고 싶지 않다고 하셨다.작년 사진보다 훨씬 노인이

되신 외모이지만 더욱 아름답단 느낌이 들었다.

245

젊음이 자랑이라 하지만 왜 늙음이 부끄러움이여야 할까.나도 이제 흰머리를 당당히 하고 다녀볼까.

젊은 이들은 하나도 보이지 않는 한가한 놀이터에 앉아 깊은 생각을 해본다.
내 인생 잘 흘러왔나. 내 인생 잘 흘러가고 있나. CC TV로 내 하루를 전부 촬영해서 보고 싶단 생각을 했다. 잘못 보내는 시간은 없나. 나쁜 습관은 무엇일까 내 스스로 점검해보고 싶어진다.

그동안 배우고 싶은 것도 많고 하고 싶은 것도 많았지만 배우느라 바쁘고 열정적으로 살았지만 그것도 헛되단 생각이 든다. 지금은 잘쉬고 싶고 실수를 줄이고 싶고 상처주지 말고 스스로 상처받지 말고 깊어지고 싶다.

노인들이 가득한 놀이터! 그들의 인생이 내게 말을 건다.

10.실수로 간 구경

어버이날이라서 친정을 다녀왔다. 병원 검진일이기도 해서 아침 일찍부터갔다. 병원에서 의사가 두달후 보자는데 굳이 석달을 얘기하시며 자식들이
오기 힘들다며 약을 석달치를 말씀하시는 엄마본인 몸보단 자식들이 고생하는 걸 늘 생각하신다.

약국에서 건강 코디네이터란 사람들이 노인들에게 드링크 비타민을 주며 따뜻한 미소와 태도로 영업중이였다. 14만원의 영양제를 내가 없었다면 사고 들고 오셨을 우리 엄마른 보니 약장수란 영화가 떠오른다. 자식들보다 더 잘해주는 저들이 고마워서약을 사줬다고 했다.

병원검진을 마치고 맛있는 점심을 먹으러 갔다. 우리 수준엔 비싼 점심이였다.그런데 엄마는 계속 고기를 내 그릇과 남편 그릇에 담으셨다.겨우 네 덩어리에 그 돈이라니 우린 믿기지 않았지만 맛은 좋았다.

여전히 배고픈 우린 탕을 하나 더 시켰다. 실력발휘하는 엄마가 혹시 적을까봐 난 계속 내 입맛엔 아니다고 하며 애꿎은 버섯만 건져 먹었다.

공원을 보여드리려고 온 우린 초보 운전자라서 실수로(?) 어시장에 도착했다. 그때 우리 엄마께서

"나 여기 진짜 와보고 싶었는데.."자식들 부담은 조금도 주지 않는 우리 엄마의 속마음에 그만 부끄러웠다. 심지어 이 지역에서 4년째 사셨는데 단 한번 와보셨다는 말에 나도 모르게 눈물이 핑돌았다.내가 넘 부모님께 무심했단 생각이 들었다.

몰입을 지나치는 집중.엄마는 정말 행복해하셨다.

바다에서도 넘 어린아이처럼 좋아하셨다.이제 팔십을 바라보시는 연세 친구들이랑 놀지말고 엄마랑 놀아야 겠다고 더 결심을 해본다.

겨우 과자만 사갔는데 들을수 없을 만큼의 음식을 사주는 엄마.

248

불효자는 웁니다.

11. 흠집 사과

난 사과는 꼭 기스 사과를 산다.싸기 때문이고 맛도 좋기 때문
이다. 사자마자 바로 흠집난 것은 잘라 버리고 껍질채 잘라서
보관해둔다. 사과는 상한 부분을 두면 그것이 성한 것까지 파
고 들어서 못쓰게 된다.그래서 사오면 바로 정리를 해둔다.

흠집을 자르며 실패에 대한 생각이 들었다. 요근래 난 몇차례
의 실패를 경험했다.퍽이나 위축된 상태에서 새일을 진행하려
니 예전과 다르게 여간 조심하는게 아니다.실패의 기억이 떠오
르기 때문이다.그리고 똑같은 실수를 하지 않으려고 노력했다.

흠집 사과를 보면 그것이 사과 전체의 값을 무척 낮춰 버린다.
마치 실패도 그런 것 같다.하지만 흠집만 잘라내면 흠집 사과
는 여느 사과보다 훨씬 당도높은 맛있는 사과이다.많은 사람이
흠집사과를 사지 않아 그것이 맛있는지 모르는것 같다.
흠집난 인생도 마찬가지다.그 부분을 도려내면 훨씬 멋진 인생
으로 설수 있다.

실패도 스펙이다.

실패가 많은 사람일수록 실수를 훨씬 더 줄일 수 있다. 흠집만 보고 우울하고 낙망되 있었다.하지만 그걸 도려내고 나면 여느 사과보다 더 맛있어서 더 잘 사용될 수 있듯 흠집으로 얼룩진 인생들도 그것의 기억으로 더 주의해간다면 성공가도의 사람들 보다 높이 점핑해갈수 있을 것이다.

실패 스펙에 대해선 나도 전문가 수준이다.

12. 어떻게 선풍기가 없어?

"네 거길 어떻게 찾아갈까요?"

"주소보내드릴께요 네비찍고 오세요

어느 길 타고 오실거예요?"

"차가 없는데요 대중 교통 이용할거예요"

"그래요? 대중 교통은 이용한적이 없어서"

자주 일어나는 일이다. 사람들은 자신들이 일반적으로 누리는 걸 누구나 있다고 생각한다.

"아인 몇살이세요?"

"아인 없는데요"

"결혼한지 꽤 되셨잖아요"

"....."

이런 일도 사실 자주 일어난다

나역시 비슷한 실수를 한적이 있다.내가 좋아하는 오이를 잔뜩
썰어가선 주변 사람들과 나눠먹었는데 한분이 못먹는다고 거절
하셨다.

"이 맛있는 걸 왜요?"라고 뻔뻔한 질문을 했다.

사람들은 수치심이 들면 빚을 내서라도 차를 살수도 빈걸 채우
기 위해 무리한 일들을 시도해 보기도 할것이다. 하지만 수치
심은 내게 다른 사람을 대하는데 조심하게 해줬다.

"전 에어컨 실컷 맞고 가야 해요. 저희집 선풍기 없거든요!"
어떤 애가 그런 말을 하니 거의 대부분 아이들이

251

"어떻게 선풍기가 없어? 그럼 에어컨은?"

"그것도 없어!"

"그럼 어떻게 살아" 이런 팩폭이 가득해진다 .

"집이 너무 좋아서 시원한가보지. 자 수업하자!"

삶의 수준들이 너무 달라져서 다양한 삶을 사는 사람들이 존재
한다. 수치심을 당할수도 수치심을 일으킬수도 있다.
하지만 내가 당한 수치심의 기분을 다른 사람들은 적어도 피하
게 해주고 싶어진다.

13. 글이랑 다른 사람

글이 좋다보면 그 사람을 만나고 싶단 생각이 든다.안녕 헤이
즐이란 영화에서도 여주인공이 작가에게 빠져서 마지막 소원으
로 그 작가를 만나러 갔다가계속되는 그 작가 실수와 안좋은
언행이 담긴 인격에 크게 실망하는 얘기가 나온다.

나역시 글을 지속적으로 쓰고 올리다보니 만나고 싶단 쪽지등
을 자주 받는 편이다.그래서 여러차례 만나기도 했다.그중에 한

252

분이 나에게 글과 다르시군요.라고 말을 하시기도 했고 내게 그렇게 하는 건 아니란 걸 배웠다고 하기도 했다.

밤마다 힘든 거 상담해줬는데 한차례의 실수에 아주 냉정한 평을 내리는 독자들(?)

난 가장 솔직한 글을 쓰려고 애쓰는 편인데 그런 말을 듣고 좀 맘이 그랬던 기억이 난다.나역시 한 분의 책을 여러권 읽고 그 분이 리더인 단체에 들어갔다가 무척 실망한 적이 있다.또 프사랑 넘 얼굴이 다른 분들을 보고 깜짝 놀라는 건 항상 있는 일이다.

100권의 책을 읽다보면 한 권의 책같은사람이 된다던데 과연 책같은 사람이 있는걸까.

단 한번이라도 책과 같은 사람이다란 느낌이 드는 사람을 만나 보고 싶다.아니 내가 간절히 그런 사람이 되고 싶어진다.

"너랑 만나면 좋은 책 한권 읽은 듯한 느낌이 들어!" 그 말이 들었던 말중 가장 최고였다고 생각한다.

253

얼굴이 이뻐, 몸매가 어때,능력이 어때보다, 난 인격의 칭찬을 받고싶은 사람이다. 글을 쓰는 것도,책을 읽는 것도,내가 꿈꾸는 좋은 사람이 되고 싶은 거다.

적어도 내가 쓰는 글만큼의 사람은 되고 싶다.

14. 내 인생 첫 차

우린 처음 차를 샀다. 항상 뚜벅이로 살다가 차를 타니

이상했다 늘 걷던 길을 심장이 뛰지않고 슝 지나가니 기분이

이상했다.

내가 운전한 건 아니지만 우리에게 미친 xx라고 욕하며 험한 얼굴을 짓는 남자를 보았다. 초보라서 실수를 해서 우리 뒷 라인이 마비되고(?) 있었는데 우리 앞의 택시 기사님이 앞으로 빼주셔서우리가 겨우 더 빼서 뒷차들의 마비가 다소해소될 수 있었다. 사람들은 욕을 참 찰지게 한다는 생각을 했다.내 평생 들은 욕보다 이 날 들은 욕이 더 많았다. 미숙한 우리를 비방

하고 어렵게 하는 사람도 있었고

일부러 불편한 자리까지 나가며 도와주는 사람도 있었다.

5시간 조수석에서 참 많은 인생을 배웠다. 누군가 미숙할 때 욕하는 사람이 아니라 적어도 도와주는 사람이 되고 싶다. 초보는 누구나 겪어야 할테니까. 솔로 초보, 아내 초보, 남편 초보, 부모 초보, 학부모 초보, 암환자 초보, 완치 초보 파산 초보, 자영업 초보, 부모상실 초보, 배우자 상실 초보, 노인 초보, 죽음 초보.. 평생 한번 가보는 것이 인생이다.

장농면허 쫄보 올림.

15. 천사가 만들어 놓고 간 것

팀장님 실수로 공지가 안되서 안만들어진 시험 문제 ...당장 낼 시험인데 그리고 난 수업이 8시 넘어 끝나는데 팀장님 미안하단 소리도 없이 내가 그반 담임이라고 나더러 만들래서 당황스러움을 감추지 못하고 수업을 들어갔다.

그런데 수업후 나와보니 3분의 2가 만들어져 있는거다.

놀래서 보니 동료가 해놓았다. 누가 시킨 것도 아닌데 ㅠㅠ

아직 교재 숙지가 덜되서 절반 가르치길 빠뜨린 반이 있었는데

세상에 그 반 보충까지 해주셨다. 시키지도 않았는데 ...나도

모르게 눈물이 핑돌았다 책상에 간식과 쪽지가 써있었다

"선생님 제가 많이 도와드릴께요"

그녀가 무릎을 끓고 아이들 약을 먹일 때부터 참 좋은 사람이

다 라고 느꼈는데 아 좋다 이 사람.

15. 그냥 믿어주면 안돼?

"그거 엄마가 하지 말랬지? 전에도 그랬잖아 그렇게 반복하면

서도 모르겠니? 한번만 더 그것 하면 용돈 안준다!"

"엄마 난 좀 느리고 돌아가는것뿐이라고요.사람마다 뛰는게 다

르고 속도가 다르고 방식도 다른거예요 제발 명령하지 마세요!

나도 컸다고요"

엄마와 딸사이의 간격은 메꿔질 줄을 모른다. 이해해 주길, 다

가와 주길 바라지만 바램이 클수록 속이 상하고 고집만 세질 뿐이다.

'엄마가 없어졌음 좋겠어! 숨막혀!'

'자식을 왜낳은걸까 이런 소모전 넘 피곤하다 직장까지 나가서 뒷바라지하는 엄마가 안쓰러워 보이지도 않을까'

딸은 속절없이 집을 나가본다. 가슴에 뭔가가 언힌것 같다 누구에게 쏟아붓고도 싶고 누군가의 생각도 들어보고도 싶다.그런데 겨우 십몇년 살아온 딸에게 그런 진실한 경청가는 없다. 끝없이 빠지는 늪속에 들어가는 기분이다.

딸이 나가고 엄마는 속도 안좋은데 밤에 커피를 쏟아붓고있다. 남편도 요즘 밖에서 힘든거 같아서이런 저런 얘길 안하지도 오래다. 두 선로가 마주보고 전혀 닿을 기미도 없이 계속 떨어져 놓여있는것 같다.멀어진 적은 없지만 그렇다고 가깝게 만난적도 없다 내몸에서 난 딸의 마음을 이리도 모르겠다니 실은 엄마역시 할머니와 늘 티격태격 지내왔다.

그러다 엄마의 어린시절이 떠오른다. 할머니의 잔소리 죽을것처럼 싫었던 순간들
그때 정말 많이 들었던 생각이

257

'내가 틀릴수도 있어 난 아직 미완성인 존재니까. 하지만 좀 믿어주면 안돼?
실수하고 넘어져봐야 나도 깨닫는 거잖아?
무조건 막고 못하게 한다고 내가 늘 안전한 건 아니잖아'

근데 뭐지...내가 내딸에게 하고 있는 이모습은...내엄마가 내게 했던 그대로구나.그렇다면 사슬을 어떻게 끊어야하나.

띵동! 딸이 돌아왔다. 어디갔다왔냐고 추궁하듯묻던 걸 묻지 않았다.

"오늘은 왠일로 경찰처럼 안굴어?"
"너가 안좋은데 가는 애가 아니잖아!"

딸은 문을 쾅닫고 자기 방에 들어간다. 뜨거운 눈물은 볼을 타고 흐르고 있었다.
처음 느껴보는 엄마의 믿음이였으니까.

*대부분의 우울증.정신적 증세는 부모와의 관계와 밀접한 영향이 있습니다

16. 드디어 분별

예전엔 곧이곧대로 다 믿었다. 그리고 들리는 대로 보이는 대로 받아들이고 생각했다.

이젠 보이는 대로 들리는 대로 받아들여지진 않는다.
저렇게 여론을 형성하면 안되는데 저렇게 자기 사람을 만드는구나.저런 광고를 신기하게 하는군, 친하면 다 허용이 되는구나 선동하는 저 사람.다들 휩쓸려가니 안타깝다. 저건 아닌데...맘이 넓은 듯 글을 쓰는데 실제도 그럴까. 글은 지식의 과시이지 진실한 맘은 없구나.

의심과 분별사이 무턱대고 순진하게 믿었던 나는 이젠 반추해보고 가늠해보는 나로 바뀌어 간다.아팠던 내 경험의 백미러를 보고 지식위에 세워진 지혜가

그 건 아니다.
그 길은 아니다.
그 사람은 아니다.
그 상황은 다르다.

그 일은 잡아라.

그 장소는 틀렸다.

그 시기는 좀 늦었다.

 라고 말을 건다

아...많은 시행착오를 통해 얻게 된 촉,더 후퇴하지 않고,더 아프지 않고 더 어렵지 않게 가게 해준다. 별로 사모하지 않고 무관심했던 이 귀중한 너 이젠 절실히 더 갖고 싶은 너,나와 같이 계속 걸어줘~길을 잃지 않게다른 길로 가지 않게~

그래서 혼자 깊게 생각하는 시간, 그때 그건 실수였지, 그때 그건 잘한거야 그때 그건 지나친 개입이였어,그때 그건 소심했지.

나 이제 좀더 나은 삶으로 나아간다.니 덕으로~ 비싼 값을 지불하고 얻게 된 나의 소중한 너....다 안된다고 해도 나는 할 수 있게 됐고 다 해보라고 해도 나는 안해야 된다고 생각하게 됐다 . 그리고 열매를 보고 웃는다.

생각을 쉬게 하지 말고 나의 과거를 혼자 낱낱이 분석해보는 시간, 그건 지름길로 나를 이끄는 지혜를 준다.

Chapter 10. 오늘의 신변잡기

1.이사하는 날

2년만에 또 이사를 간다. 결혼하고 5번째 주거지이다. 우린 집이 없어서 계속 전세를 살며 이사를 가고 있다. 사람들은 이사를 싫어하지만 우린 이사가 싫진 않다. 물론 몇 백이 깨지지만 지겨운 익숙함보단 새로운 낯섬이 우린 더 좋은것 같다. 언젠간 우리도 내 집이 생겨서 이사를 그만 할 날이 오겠지만 이사를 다니면서 많은 걸 배운다.

내가 물건을 참 많이 가지고 살았구나.
처음 1호집에서 이사나올 땐 짐이 없어서 작은 용달로 이사를 했다. 그런데 이제 5호의 집으로 이사를 앞두는 우린 용달 세 개로 짐이 늘었다.영어책만 한 용달이라는 ^^나이가 들면서 늘어가는 군살만큼이나 살림이 는다.참 군더더기가 아닐수 없다.

길게 살것 같은 동네도 어느덧 떠나게 된다. 오래 살려고 했는데 예기치 않은 일로 거주지가 갑자기 옮겨지게 되는 일이 생기듯 우리가 영원히 살것처럼 사는 이 세상도 갑자기 헤어질수 있다.

난 늘 맘속에 있는 이야기가 있다. 탈무드 이야기인데 왕앞에 불려간 한 남자가 두려워 같이 가달라고 친구들에게 부탁을 하지만 모두가거절하나 오직 한 사람인 별로 안친한 친구가 같이 가준다. 그 친구는 선행과 신앙이였다. 우리가 살 땐 우리가 관심없던 이것이 이 세상을 떠날 땐 우리가 어디로 갈지를 결정하는 중요한 요소가 된다.

이사다닐수록 적게 소유해야 할것을 느끼듯 이 세상에서의 집착과 욕심도 적게 가져야 할 것을 느낀다.이곳은 거처가는 곳이니까.

2. 해가 안들어오는 집

새로 이사를 왔다. 중요한 조건들에 거의 부합되어 이 집에 들어

왔는데 그만 복병이 생겼다. 해가 안들어 온다. 큰 일났다는 생

각이 들었다.

파란 하늘이 보이고 바람과 햇빛이 잘 들던 옛집이 그리운 마음

도 들었다. 예전 집에선 3일이나 나가지 않아도 괜찮았는데 이

집은 하루만 집에 있어도 나가고 싶어졌다. 햇빛이 그리웠기 때

문이다.

집이 어둡다보니 날씨를 알기가 어려웠다. 비가 오려나 하는 생

각이 집에서 들었는데 뭐 사러 나왔는데 쨍하고 해뜬 날이였다.

다 어두운데 내 방만 아주 소량의 햇빛이 든다.그게 너무나 귀해

서 사진을 찍었다.너무 감사한 생각이 들었다. 항상 당연히 누리

던게 사라졌을 때 그 소중함은 너무나 크단 생각이 든다. 햇빛처

럼 소중한 자연이 우리 곁에 오래 머물러 주길 항상 기도히고 있

다. 귀한 내 가족이 항상 내 옆에 있어주기를 간절히 바래본다.

3. 욕먹은 날

날 실컷 욕하라고 내버려 두지.

그것이 그들이 스트레스를 푸는 방법이라면

하지만 모질게 내 안에 돌아다닐 것이 힘들어

듣는 용기를 멈췄다.

안보고 귀막는데도 굳이 알려주는

사람들

내 욕을 자세히도 전해준다.

덕분에 하루종일 피곤한 언어들에 시달렸다.

사람은 악하다로 마침표를 찍다.

하지만 난 되갚진 않을테다.

내 맘에 용서할 방 한칸이 있다.

해도 욕하고 안해도 욕하는 다양한

대중들의 기호에 내가 맞추는 건

어차피 불가능한 일.

그들의 입에 오르내리는 맛난 별식이

되기로 했다.

오늘은 그 좋은 파란 하늘과 맑은 바람도

흥이 나지 않는다.

그치만 난 안다 바닥에서 남은 건

올라가는 일만 있단걸.

많이도 욕먹어 오늘은

밥도 안먹어도 되지.

오늘 위축되서 못먹은 밥

내일은 두 그릇 먹을테다.

4.조롱이 도착했다

오늘 내 앞마당에 심겨진 조롱

그것에 꽃 피워진 무시

열매맺혀진 비난

밟아버리고 싶은 오기가 꿈틀

하지만 그대로 두었다.

그걸 사랑하기로 했다.

내 앞마당이니까

친절의 물을 주었다.

상냥한 비료를 부었다.

겸손의 가림막도 세워 바람도 막아줬다.

조롱은 부끄러워했다.

무시는 잎사귀에 얼굴을 가리웠다.

비난은 가림막아래 숨었다.

그 잔인한 불청객은 친구로 변해 있었다

이젠 나를 돕고 있다.

잘 가꾸어진 내 앞마당에선 누구든 친구로 변한다

266

5. 소설좀 넣어 주시면 안되요?

난 우연한 계기로 소설을 쓰게 되었다. 한번 쓴 에세이를 소설로 오해한 온라인상의 예비 독자들이 계속 써달라고 해서 그 반응에 신이 나버린 나는 그만 소설을 거의 백개이상의 에피소드를 쓰고 있다. 그러다 보니 소설을 배우고 싶단 생각이 들어서 소설을 빌려서 필사하며 느낀 점도 쓰고 글도 배우고 있다. 혼자 하는 공부에 빠져있다. 예전엔 그냥 무심하게 봤던 장면들을 꼼꼼히 관찰했다. 왜냐면 글로 묘사할 때 쓰고 싶었기 때문이다.에세이는 별로 묘사가 필요없다.내 마음에 대한 글만 쓰면 되기 때문이다.그러나 소설을 달랐다. 마치 눈이 안보이는 사람이 글로 본다는 느낌으로 쓰여진 것 같단 생각이 들었다.

내가 소설을 읽으며 느낀게 있다. 정말 인물들에 열광한다는 점이다. 그 인물이 살아숨쉬는 생명을 느꼈다. 그래서 난 소설에 빠지게 되었다.내가 그동안 소설을 싫어한데는 이유가 있다. 일단 거짓이 싫었다. 그래서 무조건 읽지 않았다, 하지만 내 독자들은 날 소설로 이끌었고 지금은 4권째 읽고 필사하고 있다. 유명하고 상받았다는 소설을 몇 개 접했다. 읽다가 책을 덮은 적이 몇 번 있는데 그 유명 소설이 그랬다. 내가 이해가 안되는 부분이 지나친 성적 묘사이다. 그걸 가르쳐주려는 건가? 이미 그런 거는 넘칠텐데 소설가는 그런 걸 묘사하며 얻는 이득이 뭘까 하는 생각이 들었다. 난 어느 한 소설에 매료되었다. 그리고 펑펑 울음을 터뜨렸다. 그 작가의 다른 책도 보고 싶어 검색해보니 그 작가에 대해 나온 것은 하나도 없었다. 이름없는 작가의 글은 내겐 훌륭했는데 유명 작가들 책을 난 덮고 반납했다.

우리 동네는 도서관이 없다. 그래서 책을 스마트 도서관에 빌리는데 그 곳엔 소설이 별로 없었다.그래서 전화를 했다.

"스마트 도서관을 자주 이용하는데요. 거기에 김영하님 소설이나 소설좀 넣어주심 안되요?"
"저희는 선택해서 넣어 드리는 서비스는 하고 있지 않아요"
"제가 거기 책 많이 읽었는데요 어린들은 거의 빌리러 오지 않는데 어린이 도서가 많아요.

책을 다양하게 넣어 주셨음 합니다"

"그런 서비스를 저희는 아직 하고 있지 않아요"

그런 말만을 반복할 뿐이였다. 가난한 소설 지망생이 이제 어디서 읽고 싶은 소설을 구해 읽고 공부하나

6. 마침표

내가 가는 병원이 있다 항상 그곳으로만 가는 이유가 있다 정말 친절하고 맘이 편하기 때문이다

 그런데 요즘은 초심을 잃었는지 넘 분위기가 들떠있어서 박장대소하며 까르르 거리는 분위기가 무척 불편했다. 이 위험한 시기에 노마스크로 진료를 보니 당연했다. 그들의 유쾌한 수다가 침방울이 되어 날라다니것이 불쾌했다. 그곳을 안가면 되지만 난 이 병원을 깊이 애정하고 있었다.

그래서 전화를 했다.

"컴플레인하려고 합니다.이 코로나 시국에 진료보는 환자들이 있는데 그렇게 웃고 떠들고 수다를 떨어야 하나요? 환자들이 얼마나 불안하겠어요. 저희 가족이 전부 몇 년째 가고 있는데 이 부분이 개선되지 않음 그만 가려고 하니 꼭 원장님께 전달바랍니다 곧 방문할 예정이라 제가 또 그런 분위기이면 직접 말씀드리겠습니다."

어제 그 병원을 방문했다. 분위기는 싹 달라져 있었다 원장님은 옆 진료할머니의 온갖 귀찮은 질문을 완벽한 친절로 대응하고 계셨고 내 모든 궁금증도 싹 해결해주셨다. 감동적 대응이었다. 내가 마스크때문인지 자주 입술이 찢어진 상태 인데 입술에 바셀린까지 발라주며 진료해주어 감동은 배가되었다. 우리 신랑도 그곳에선 몇십만원의 치료가 나와도 하라고 말할 만큼 두터운 신뢰를 보였다.

컴플레인콜을 훌륭히 수용해주는 멋진 병원.

왜 일주일이나 기다려 진료를 봐야하는지 알 것 같았다.

얼마전 내 글을 읽는 어떤 분이 내가 마침표를 안찍어 보기가 힘들다는 말씀을 하셨다. 난 내가 불편하지 않아 그걸 전혀 몰랐다. 그 말을 듣고부터 마침표를 찍고 있다. 너무나 고마웠다. 나를 성장시키기 때문이다. 험담이 아닌 상대를 발전시키는 따끔한 말은 우리에게 필요한게 아닌가 하는 생각이 든다.

7. 인생은 당최 알길이 없다.

기계치인 내가 화상영어 선생님이 될줄은 몰랐다. 선생님들 커뮤니티에서 한 60대라고 밝힌 선생님이 줌을 준비한다길레 와 나보다 **훨씬** 나이많으신데 존경스럽다고 생각만 했지 실행할 생각은 못했는데 반쪽이

271

내 방에 노트북을 딱! 놓은 후 내 인생은 노트북이 생긴 후와 생기기전으로 바뀐다. 노트북이 없었음 화상 수업도 책 내기도 불가능했다. 약한 분야라 도저히 시도해볼 생각도 못하는 것엔 누군가의 최소한의 도움닫기가 필요한거 같다.컴퓨터 수업하며 내가 못하는게 아니란걸 느꼈다.안해봐서 막연히 못한다고 느낀 미지의 능력의 세계가 있단 걸 깨달았다.

난 지금 사는 지역에 아무 연고가 없다. 그런데 직장이 이 지역이라서 가까이 다닐려고 이사오려고 계약하고 오기도 전 그만 해고되었다. 그 직장이 매개체가 되서 오게 된 지역에서 그 직장과 상관없이 6년을 살고 있다.꽤 만족스럽게 살던중 갑자기 집에 누수가 나서 집주인과의 말다툼이 집빼!로 이어지면서 또 인생이 흘러와 낯선 지역에서의 한 달을 살고 있다. 맛있는 짜장면집을 못찾아 아직 못먹고 있다.

난 아무리 노력을 해도 친구를 못사귀었다. 외롭기때문에 돌파하

려고 글을 썼다.

이제 글은 내 가장 친한 친구가 되었다. 이 친구는 그동안의 친

구들과 달랐다. 한번도 밥값을 안내고 몇년째 얻어먹지도, 메세

지를 읽고 읽씹하지도

자신이 성공했다고 사라지지도 않았고, 내 모든 밥줄 노하우를

훔쳐가려고 하지도 않았고, 내가 어려운 일 당할 때 모른척하지

도 않았다. 무색, 무취,무미의 이 친구는 온 몸이 귀여서 내 모든

이야길 인내심있게 들어 주었다. 내가 외롭지 않았다면 과연 이

친구를 얻게 되었을까.

도랑물이 바람에 이리저리 물결이 바뀌듯 인생은 예측이 불가능

하다. 하지만 선하게 산만큼 바람은 물결을 아름다운 곳으로 이끈다고 생각한다. 미래는 모르지만 아는것은 있다. 남들은 모르는 자신만 아는 바르고 선한 삶이 향그러운 땅으로 인도한다는 것말이다.

8.작은 방 쟁탈전

난 옛날부터 작은 방을 좋아했다. 독립해 살 때. 룸메이트가 나더러 큰 방을 쓰라했는데 난 작은 방을 선택했다. 난 작은 게 좋았다.

결혼해서도 전세를 살며 이사갈 때마다 작은 방을 쓴다고 했다. 서로 작은 방을 쓰려고 다툰다. 누우면 꽉차는 그 아담함이 좋기 때문이다.지금 내 방도 너무나 작아서 큰 욕심이 들어올 자리가 없다.왔다갔다 하다가 자주 물건에 부딪칠 정도로 방은 작고 멍이 들때도 있지만 늘 작은 방에 있음 소중한 생각들이 든다.

교습소도 방이 두개였는데 하나는 창고로 쓰고 방 하나만 썼다. 있는 공간도 안쓴것이다.내 눈에 딱 들어오는 하나의 공간이 좋았기 때문이다. 안보이는 곳에서 아이들이 다칠까봐 걱정이 되서 한 공간을 없앤 것도 있다.한 방에 들어올만큼의 아이들을 가르치면 족했다. 처음 온 아이가 우리 교습소문을 열고 했던 첫 마디가 생생하다.

"아니 뭐가 이렇게 작아? 이것 4배는 되야지!"

3학년정도 되는 아이였는데 벌써 크고 화려한 공간을 좋아하는 것 같았다. 우리 집에 잠시 들렀던 8살 아이의 말도 또렷히 기억에 난다.

"사람이 어떻게 이렇게 작은데 살아요? 돈은 있어요?"

외국은 스몰하우스가 인기라고 한다. 그래서 큰 집에서 작은 집으로 이사해서 아주 실용적인 공간에 마당을 크게 두고 사는 영상을 많이 보았다. 빚없이 꼭 실용적 공간에서 사는게 좋다고 했다. 그들의 가치관엔 남들의 이목이 빠져 있었다. 그런데 우리나란 대형을 좋아한다. 큰 마트, 큰 집, 대형 학원, 대기업, 대형 교회 모든지 큰 곳을 선호한다.

내 인생 영화 체리 향기에서 주인공이 관에 누워보는 장면이 나온다. 그 관에 누워 하늘에 수많은 별들을 보며 역설적이게도 강렬한 삶의 의지를 갖게 된다. 작은 방에 누워있음 이런 소리가 들리는 거 같다.

"한번뿐인 인생 속히 지나간다. 더 의미있는 삶을 사렴"

작은 방은 경쟁이 사라진다. 욕심이 사라진다. 성공이 사라진다. 질투가 사라진다.

작은 방은 감사가 넘친다. 자족이 차오른다. 비교가 멎는다. 자신을 돌아보며 의미있는 생각이 자라난다. 남산에 올라서 망원경으로 아래를 보던 생각이 난다. 성량각처럼 작은 곳에서 뭘저리 아둥바둥 살았누.어차피 다 두고 떠나가는게 인생인데.

그러니 작은 방을 가지려고 할밖에..

9.입에서의 행복한 1분

난 알레르기가 심하다. 그래서 몹시 음식을 가려먹어야한다. 안 그러면 참을수 없는 가려움과 두드러기에 시달려야 한다. 내 두드러기의 주범은 밀가루이다. 맛있는건 다 밀가루로 만들어져 있다. 입에서 행복한 1분을 위해 고통스런 몸상태는 하루를 간다.

그런데도 그 1분을 포기 못해서 힘든 하루를 참는다.미련한 이

과정을 계속하면서도 끊질 못한다. 맛있으니까 포기하기가 너무

나 어렵다.

내 몸을 몹시도 괴롭히는 1분의 즐거움..

이건 비단 음식뿐은 아니다. 우리의 삶을 후퇴시키고 암흙에 던

지는 짧고 짜릿한 쾌락은 그것을 무한반복하게 만든다. 그 어두

운 기쁨이 너무나 커서 무거운 댓가를 지불하는 것이다.

식욕이라는 가장 기본적 본능을 두드러기가 강력히 막고 있어서

제약이 굉장히 크다 하지만 이 두드러기때문에 얼마나 안좋은 음

식들과 멀어졌는지 모른다. 우리가 달려가고 싶은 강력한 즐거움

이 있다면 그건 우릴 망가뜨리는 것일수 있다.그리고 그 달음질

을 막는 존재가 있다면 정말 고마워해야 한다.

10. 누런 빛

나는 밝은 것보다 어두운 걸 좋아한다. 늘 집을 침침하게 하고

지내는 편이고 전기세가 적게 나오면 행복해했다.

하지만 내 반쪽은 밝은 걸 좋아했다. 우린 10일전 이사를 왔다.

새 집은 조명이 오래되서 누런 불빛을 냈다. 반쪽은 빠르게 조명

부터 바꿨다.

난 고집을 부리며 내 방과 부엌은 누런 조명을 건들지 말라고 신

신당부했다. 반쪽의 방이 새하얘지고 거실이 환하다못해 눈부시

게 바뀌고 센서등도 밝게 변하자 내 방과 부엌이 초라해지는 누

런 색 세상으로 보여졌다.다 그럴 땐 몰랐는데 막상 조명이 바뀌

니 비교가 되서 내 주 공간들이 누렁소처럼 보였다.

"나도 바꿔줘!"

결국 내 방과 내 주 이용 공간인 부엌에도 눈부심이 시작되었다.

"난 밝은 게 좋던데!" 영향력을 미친 자의 유쾌한

한마디. 평생 어두컴컴한 공간을 좋아했는데 나도 그에게 물들어

가나 보다. 화상 수업할 때도 스탠드를 키고 했는데 최근에 새로

들어온 깜찍이가

"불켜요! 얼굴 잘 안보인단 말이예요!!!"

그녀의 직설화법으로 환한 빛으로 더 나가게 됐다. 난 컴컴한게

좋은데 말이다.

11. 별이 촘촘히 박혀진 이유

아침이 되었다. 기도한대로 되지 않는 참담한 일상이 펼쳐진다. 지구가 멸망해도 한 그루의 사과나무를 심겠다는 말처럼 현실이 칠흙같이 어둡더라도 빛은 어디서든 비쳐 온다.

아침에 계속 빛을 응시했다. 아주 작은 구멍이라도 빛은 새어 들어왔다.너무나 눈부시고 아름답고 포근했다.밤하늘에 별을 두신 주님은 그 깜깜함속에 수많은 희망을 새겨 두신거 같단 맘이 든다.

영혼의 닻인 희망을 품고 어떤 오염된 언어들에도 위축되지 않고 기죽지 말고 가야겠다 윤 동주 시인의 별을 스친 바람이 내게도 보드랍게 스쳐간다.

12. 아침에 요셉을 생각했다

그는 아버지가 형들을 보고 오라는 심부름을 단지 성실히 행하다가 죽을 뻔했고, 노예로 팔려갔고, 가정 총무의 역할을 충실히 행하다가 억울한 거짓에 휘말려 옥에 갇혔다. 거기서 자포자기하며 살수도 있었는데 근실히 일하며 죄수들의 낯빛을 살피며 꿈해몽까지 해주며 힘껏 돕는다. 그런 주옥같은 요셉을 2년간 옥고를 치르도록 하나님은 내버려 두셨다. 의롭고 사랑많고 성실히 자신의 일에 최선을 다하는 요셉을 그래도 살만한 장소가 아니라 최하의 장소에 두신 것이다.감옥에서 그는 술관장에게

제발 꺼내달라 자신은 여기 있을만한 죄를 짓지 않았다고 간절히 매달린다. 자신을 도와주었고 또 이렇게 간청한 사람을 어떻게

깜빡 잊는단말인가 하나님은 의도를 가지고 술관장이 잊게 하셨고 그를 그곳에 있게 하신것이다.

의로워도 고난을 당할수 있다는 대목이 많은 위로가 된다. 물론 요셉처럼 **훌륭**한 건 아니지만 주께서 보신다는 맘으로 최선을 다해 살면서 당하는 말할수 없는 역경은 그 사람을 장성한 분량으로 빚으신다.

인간의 맘으로 볼때 감옥에서의 2년은 정말 엄청난 시간이다. 하지만 주님은 그와 같은 극단적 환경속에서도 그가 쓰시려는 사람을 옥과같이 빚어내신다. 만델라도 평생을 감옥에서 보내고 나왔지만 나와서 자신을 감옥에 넣었던 백인들과의 화평을 전하고 있다. 그는 이미 인간의 수준을 뛰어넘는 사람이 되었다.

실로 2년후 요셉은 전혀 다른 사람이 되있었다.모두가 존경할 만한 존재로 자라있었고 많은 사람들의 육체적, 영혼적 생명을 건지는 존재가 되었다.

하나님의 2년이 지났을 때 바로에게 꿈을 꾸게 하신다. 십대에 꿈을 주셔서 끝없는 질투를 받게 하신 하나님께서 다시 꿈으로 그를 가장 높은 곳에 이르게 하신다. 결국 고통의 양적 시간을 우린 보내야 한다. 버티는게 아니라 잘 보내야 한다. 최선을 다해 일하고 이웃을 진실되게 사랑하면서 그것이 고난의 시간의 양을 채우는 방법이다. 나도 소박한 내 일상을 열심히 살아야 겠다.

13. 친구가 한 명도 없는 사람들

며칠전에 글하나가 올라왔다.자신이 사는 지역이 3년정도 되는데 아직도 한 명도 사귀지 못했다는 것이였다. 그 사람은 용기를 내서 자신이 왜 이렇게 친구를 사귀지 못하는 지 모르겠다는 글을 썼다.그 글은 놀랍지 않았는데 댓글들이 놀라웠다.엄청난 숫자가 자신들도 그렇다는 것이였다. 나도 그들중 한 명이었다.

에전에 알던 아프리카인이 있다. 길을 헤매고 있는데 아무도 안 도와주길레 내가 가서 도와준 계기로 친구가 되었다.그는 외로워선지 내가 가는 곳을 잘 따라왔다.빈민촌 아이들 영어 봉사에도 와서 아이들 가르치는 것도 도와주고 했다.그가 했던 인상적인 말이 생각이 난다.

"한국인은 좀 특이한 국민성이 있어.그건 사회성이 너무 부족하다는 거야"
자신이 30분넘게 길을 헤매고 있었지만 아무도 도와주지 않았고

285

먼저 말걸어 준 유일한 사람이 나라고 얘기해줬다. 이런 문제는 비단 우리나라만의 문제는 아닌거 같다. 일본도 은둔형 외톨이문제가 사회문제가 되고 있고 벌써 고독사가 노인의 문제만이 아닌 지병을 앓던 젊은 세대가 명절같은 때 아무도 안만나고 혼자 죽거나 하는 문제가 사회이슈로 드러나고 있다.

우린 왜 사회성이 없을까. 그것은 유교문화의 피해라고 본다. 겸손하고 지길 비우고 드러내지 않는 문화들은 적극적으로 자길 드러내고 홍보하는 서구문화와는 대치된다.

굶어죽더라도 아쉬운 소릴 못해서 죽어가는 문화인 것이다. 외국에선 길에 있다가 눈만 마주쳐도 "하이"라고 인사하는 맑은 눈동자들을 볼수 있었고 그냥 기분이 좋아졋다. 그러나 우리나란 눈을 마주칠까봐 땅을 보고 걷는 경우가 많다. 아름답고 멋져서 쳐다봐도 눈동자들은 의심하듯 경계하며 쳐다봐서 그 눈빛이 불편해서 나는 밖에서 땅만 보고 걸어 다녔다. 하지만 외국에선 사람들의 얼굴을 쳐다봤다. 눈이 마주쳐도 웃어주고 인사해주는 경계하지 않는 모습이 좋았기 때문이다.

외국인들은 우리나라가 안전하다고 한다. 범죄율도 낮고 살기가 좋아서 한국인들은 위험에 대한 특별한 센서가 발달되지 않았다고 했다. 자신들의 나라는 총기, 마약, 이상한 종교도 많아서 안전에 대한 본능이 발달 되서 위험한 사람은 직감적으로 안다고 했다. 그렇게 위험하다고 하는 외국은 파티문화도 있어서 서로 초대하고 즐겁게 보내는 사람들이 많다. 나도 피크닉에 초대되서 남들과 하루 종일 시간을 보낸 기억이 있다. 하지만 안전하다는 우리나라는 경계를 풀지 않고 집에 들이기를 꺼려 하고 오랜 친구들도 겉도는 얘기만 하고 자신을 보여주지 않은 경우가 많다. 외침을 당해서 오래 식민지를 살고 분단 국가라서 기본적으로 남에 대한 믿음이 부족하고 경계하기 때문에 우린 사회성이 취약해져서 오직 가족만 믿는 사람들이 된지 모른다.

14.바쁘다 바빠

전염병의 확대로 일의 절반을 그만두었다. 그러니 많이 한가해졌다. 그럼 휴가라고 생각하고 좀 쉬면서 취미에 시간을 보내도 될 텐데 내 두뇌는 재택으로 일할 방법을 구해서 종일 열심히 노력해서 거의 보름 만에 원상 복귀를 해두었다. 그래서 또다시 바쁜 사이클로 들어왔다. 책도 읽고 싶고 바느질로 이것저것 만들고도 싶고, 유튜브 방송도 찍고 해야 하는데 시간이 도무지 나질 않는다. 오늘의 글쓰기도 어제 부엌일을 다 해두어서 겨우 마련한 시간이다. 내 짝꿍은 두 가지 일을 하는데도 일을 더 하려고 매일 배우고 있다. 우린 일중독은 아니라고 생각하는데 일을 무척 즐기는 것 같다.

최근에 은퇴 카페에 가입해서 그들이 노년을 어떻게 보내나 관찰하고 있다. 대부분은 여행이나 귀농을 하고 있었고, 따뜻한 나라에서 살고 싶어 준비중인 사람도 있었고

세상을 보러 나가려고 살던 집도 렌트를 빌려주고 자신의 살림을 정리한 사람들도 있었다. 고국에 돌아와도 자신의 살 집이 없고 외국에서 불편한데도 그 생활을 하고 있었다. 그들의 여유로움은 아마도 젊은 시절 개미처럼 준비해두었기에 지금의 베짱이 같은 생활이 있는게 아닐까

내 반쪽에게 "왜이리 일을 열심히 하고 분준히 살아?"라고 물어보니 재밌기 때문이라고 했다. 집에 한 시간만 있어도 좀이 쑤신다고 했다. 나는 집에 있는걸 너무 좋아해서 며칠 째 안나가도 좋기만 하고 누구 대화 상대가 없어도 별로 필요성을 못느낀다.

집 안에서도 할 일이 너무 많아서 항상 분주하고 시간이 너무 빨라서 월요일이였는데 금방 일요일이 되어 버린다. 밤에 혼자 오늘 뭐뭐 했나를 세보곤 하는데 열가지 이상의 일을 하는 경우가 많았다. 이것 해두면 저것을 해둬야 하고 그걸 안해두면 뭔가에 빵구가 나서 급하게 마무리를 지어야 한다. 나는 반 백년을 살면서 한가하게 보낸 시간들이 없는 것 같다. 뭔가를 새롭게 계속 도전해서 그런 거 같다.

차 한잔을 마시며 내 짝꿍이 했던 말이 생각난다.
"나는 바쁘게 돌아다닐 때 내가 살아있는 것을 느껴" 나는 뜨거운 커피 한잔을 마실 때 그런 감정을 느끼는데...바쁘고도 행복한 하루가 매일 분주하게 지나간다.

15. 나의 새 친구를 소개합니다.

20년지기 친구들이 명품과 연예인 얘기등 겉도는 얘기만 해서 헤어졌다. 우리 얘길 하자고 하니 이미 즐거운데 그게 왜 필요하냔 대답을 들었다. 큰 가치관이 맞지 않아 남의 이야기만 한결같이 20년간 하던 친구들과 그만 만났다.

자신의 주변을 늘 험담하는 친구와 헤어졌다.

늘 힘든 소릴 들어줬는데 한번 힘들어 쏟아냈다가 헤어짐을 당했다.가족처럼 주고 받으며 정겹게 살다가 연인도 아닌데 이별통보를 받고 비오듯 뜨거운 눈물을 흘렸다.

점심 저녁 차까지 얻어먹기만 하던 친구가

아이스크림 하나 안사길레 헤어졌다.

옷이 없어서 입을 게 없단 친구에게 옷의 절반을

주었다. 알고보니 고액 과외를 하고 있었다. 왜 날 속였냐고 물어보니 사람의 말을 다 믿느냐는 대답을 들어 헤어졌다.

몇년간 일방적으로 연락해야 연결되는 친구가 있어 헤어졌다. 너무 좋아했지만 자존심이 상했다. 어차피 내가 연락하지 않음 끊어질 관계라 그만 만나잔 얘길 꺼냈다.

상처와 슬픔속에서 옛 친구들을 한가득 보내고 난 새 친구를 사귀었다.

내 새 친구들을 소개할께요.

291

내 새 친구 자연이는 일단 외모가 정말 수려하고 향이 참 좋고 말이 없어 늘 훌륭한 경청가다. 난 지칠 때마다 내 친구에게로 가서 물소리, 바람소리, 따뜻한 햇살, 푸르른 녹음, 화려한 꽃들을

보고 행복해진다.

내 새 친구 책은 내 맘을 온갖 격정에 싸이게 한다. 행복,사랑,감동,기쁨,울분 오만 가지의 롤러코스터에 태우다가 날 안전한 현실에 연착륙시킨다.

내 새 친구 글은 내 모든 생각을 표현하게 해준다. 그와 함께 있음 옛날 친구에게 서 느끼듯 들러리가 될 필요가 없다.

글친구는 날 주인공으로 만들어준다.

상처와 고통속에 옛친구들을 겪으며 보내고나니 이제 내게 깊이와 아름다움을 갖춘 새 친구가 도착해 있다. 새 친구들과 난 퍽 잘 지내고 있다.

16.아무도 날 안부러워하지만

난 별로 내세울게 없다. 날씬한것도 아니고 미모가 빼어난 것도 아니고

집이 있는것도 아니고 운전을 할수 있는것도 아니고

건강한것도 아니고 가족관계가 좋은 것도 아니고 아이가 있는 것도

아니고

변변한 직장이 있는것도 아니고

글쓰길 좋아하지만 출판사에서 출판허락을 해준 것도 아니고, 친구가
있는것도 아니고, 형제 관계가 돈독한 것도 아니고

재능이 있어 뭔가를 이뤄내는 것도
아니고, 유튜브도 있고 블로그도 있지만
많이 좋아해주는것도 아니고

이 지역 저 지역에 살았지만 딱
마음을 정한 지역이 있는것도 아니고,
아껴쓰지만 저축을 많이 한것도 아니고

아무도 날 부러워하지 않지만,
나도 그 누구도 부럽지 않고 행복하다.
행복은 어떤 이유도 없는것 같고
결핍에서도 충분히 가능하다.그래서
행복은 공평하다.

17. 4시간 가출한 고양이

수업하다가 아이가 키우는 고양이 얘길 들었다.

293

고양이는 절대 밖엘 나가려고 하질 않는다고 했다. 한번 집을 나간후 네시간후 찾아 집에 데려온 후부턴 나가려고 하질 않고 꼭 나가야하는 경우도 발톱으로 할퀴고 난리가 난다고 했다. 한번 공포를 경험한 고양이는 트라우마땜에 봄도 여름도 가을도 겨울도 나가지 않는 고양이가 되어서 살이 투실투실 쪄서 이름도 투투인거 같다. 너무 귀엽고 예쁜 고양이에게 그런 상처가 있다니 그 고양이가 이전의 모습과는 무척 다르게 느껴졌다.

내가 고양이를 잘 모르지만 다른 집에서 본 고양이들은 어슬렁거리며 많이 돌아다녔는데 투투는 잠을 많이 자는것처럼 보였다. 한번의 극도의 공포가 이와같이 투투의 활동성을 막은게 아닌가 하는 생각이 든다.

내가 들은 다른 고양이 얘기가 있다. 이 앤 길고양이였는데 한 좋은 분의 집에 입양되었다. 몸이 안좋고 숨쉴때마다 그릉그릉 소리가 났었는데 이틀인가 가출하고 돌아오고선 다른 고양이가 되었단 얘길했다. 위기에 노출되고서 아주 건강한 고양이가 된것이다. 그 고양이의 병마저 나았다고 했고 그뒤로도 자주 없어졌다 돌아오고 했다고 했다.자유로움까지 얻게 된 것이다.

같은 위기라도 다른 열매를 맺는 고양이들을 보며 나도 어떤 위기도 더 아름답게 극복하고 싶다는 생각이 든다.

18. 갑자기 우울해지진 않아

우린 맘이 갑자기 다운되진 않는다.

우리 맘이 힘들땐 맘속을 들여다봐야 한다. 어떤 사람의 말때문이라면 그 사람과 거리 두길 해야하고 어떤 걸 자주 보는데 그것이 날 초라하게 느끼게 한다면 그걸 보는걸 과감히 끊어야 한다.

마음도 건강유지랑 비슷하단 생각이 든다. 우리 모두 운동하고 야채먹고 기름진것 단거 먹음 안된다는 걸 알면서도 힘들기에 운동도 안하고 맛없어서 야채도 안먹고 밀가루가 모든 알러지와 질병의 근원인데도 밀가루로 만든걸 끊지 않으면서도 건강하길 바란다.

마음이 건강해지기 위해선 좋은 글을 계속 읽어야 하고 그걸 암송해서 들려주다보면 어느 순간 날 괴롭히는 우울증이나 강박증, ADHD가 끊어짐을 발견하게 된다. 난 떡볶이덕후였는데 떡볶이 쫄면등의 밀가루를 계속 먹으니 가려움을 도저히 극복할수 없어 온몸에 손톱자국을 남기고서야 떡볶이와 쫄면을 끊었다. 강력한 매콤함과 쫄깃함이 엄청 본능적으로 당기지만 미칠듯한 간지럼을 생각하니 참아졌다.

독서하는 건 힘든 일이다. 그냥 누워서 예능프로나 드라마,먹방프로 보는게 쉽지 좋은 글을 읽고 적어두고 암송하는건 결코 쉬운 일이 아니다. 하지만 정신적인 무지개를 경험한 사람은 이 유익한 활동을 결코 멈추지 않는다.

내 마음은 어떻게 다스리는가

먹이를 먹인 쪽이 이끌어간다. 긍정적이고 살리는 글을 보는것과 육체적이고 찰나적인 즐거움을 가지는 것중 내가 보낸 시간만큼 내 정신도 채워져 있다.

19. 내 단점이 좋아진다.

안좋은 일은 꼭 안좋은 일이 아닐지도 모른다. 살면서 좋은 일은 내게 꼭 좋은 일이 아니였다. 하지만 제발 내게서 떠났으면 하는 안좋은 일은 날 유익하게 하는 일이었다.

좋은 것들때문에 내가 무너지고 타락하고 망가졌지만 안좋은 것들때문에 난 자라가고 깊어지고

안정이 되어갔다.

그러기에 내 단점과 내 어려운 점은

내가 기뻐하고 자랑할 일이였단 생각이 들고 내 장점과 뻐기고 싶은 일들은

날 흑역사로 이끄는 장본인이 아니였나

하는 생각이 든다.

내 단점과 싫은 점과 마주해보자. 그것은 오늘날 나를 이만큼 지켜준 고마운 것이다.

20. 계란 후라이 두개

계란이 콜레스테롤이 많아서 가급적 안먹으려고 하는데 반쪽이 계란 후라이 두개를 해달라고 한다. 하나면 해주려 했는데 두개라서 안된다고 실랑이를 벌이다가 이 사소한 것에 다퉈서 뭐하나 해서 계란 후라이 두개를 해주었다.

그는 너무나 밝게 웃으며

"계란 후라이 두개 이 사소한 게 내겐 우주야" 이런 말을 하는 것이였다. 아주 사소한 것이라도 자기의 말을 들어준게 너무 좋았다는 것이였다.

우리가 어떤 사람과 갈등이 있는것도 사실 이와 같이 사소한 것을 놓쳐서 일꺼란 생각이 든다. 소중한 관계들 소원해지기 전에 그들이 보내는 시그널에 민감해져야 겠단 생각이 든다.

아주 사소한 걸 몰라서 아주 소중한 사람과 멀어지면 안될 것이다. 우린 언어뿐 아니라 비언어로도 계속 우리의 많은 걸 표현하고 있다. 그걸 반영해주는 사람이 있다면 애정을 느끼는건 너무 당연할것이다.

21.백허그

사람이 태어나서 가족과 보내는 시간은 아예 없는 사람도 있고 평생 보내는사람도 있다. 하지만 그 시간의 양보단 질이란 생각이 든다.

나이가 먹어서도 가족에게서 벗어나 서질 못하기도 가족에 시달리기도 가족을 그리워하기도 한다.

하지만 가족은 식구란 말처럼 밥을먹는 입일뿐 어떤 유대도 갖지 못하는 사람이 많다.같은 공간에 있고 먹어도 가족은 스치는 인연만 못하게 살기도 한다.

가족이 백허그를 제대로 안해주면 가슴에 구멍이 나서 평생 방황을 한다. 단지 해줘야 할것을 해줬다고 가족은 아니다. 진심에서 나온 말 한마디와 애정적 행동이 없으면 가족은 그저 같이 사는 사람일뿐이다.

오늘 같은 공간에 사는 사람들은 내 가족인가 아님 같은 공간을 쓰는 사람일뿐인가

22. 글쓰러 간다

아침밥을 먹고 나면 가는 곳이 있다.재택으로 불어난 내 뱃살을 달래서 내보내려는 것도 있지만 난 그곳에 가면 이상하게 글감이 떠오른다. 오라고 하는 사람이 없는데 난 그곳에 글쓰러 간다

갑자기 비둘기들이 몰려와 방해를 받기도 하고 검은 색 큰 개가 다가와 공포감을 느끼도 하지만 방해도 공포도 내겐 많은 깨달음을 준다.

어제는 햇볕이 따가와 걸어가는 길이 못견디게 더웠는데 단 하루만에 이렇게 추울수가 싶을 정도로 날씨는 하루를 예측할수가 없다. 예측안 되는 게 비단 날씨뿐일까

난 내가 이렇게 글쓰는 걸 좋아했나싶을 정도로 걸어다니면서까지 글을 쓴다. 나랑 카톡이나 채팅을 해본 사람들을 너무 빨라서 따라잡지 못할 정도라고 한다. 아직 내 취미는 특기가 되진 못했지만 외로운 인생길 글쓰기는 내 숨통의 역할을 충분히 해주고 있다.

일하러 간다

밥하러 간다

쇼핑하러 간다

사람들은 그런 말을 일상처럼 쓰겠지만

난 글쓰러 간다.

쓰기전엔 나도 몰랐다. 이런 것들이 내 맘속에 있었는지를

오래된 짐들을 열어보면 이런게 있었나

웃고 울고 하는 감정이 모릭모락 일어나듯 글을 쓰고 읽으며 나는 웃고 운다.

맺음말

오늘 나는 하나의 인상적인 댓글을 받았다.

"님께서 올리신 글들 저는 모두 봤어요. 이곳에 올리신 모든 글들 지나

치는 분들도 있을 거예요.그중에서 저란 사람은 님께서 올리시는 글을

처음부터 봤었구요 앞으로도 볼것입니다. 기다려집니다.님은 좋은 분이

세요.각박하고 어지럽고 힘든 버거운 세상을 함께 살아가고 모두들 마음

아리게 살아가고 있겠죠. 우리 보통사람들이니까요. 님글이 따뜻함과 위

로를 느끼게 합니다"

내 글을 기다리며 읽는다는 누군가의 말을 들으며 힘이되고 위로가 되

는 온기있는 책을 쓰고 싶었습니다. 어제도 올라온 글중 친구가 한 명도

없다는 수많은 사람들의 글을 보며 친구같은 글을 쓰고 싶었고 친구일

수 있는 누군가의 겪은 일을 읽으며 공감과 잔잔한 미소가 지어지길 바

랬습니다.

많은 관계속에 있는 사람이라 해도 우리 모두는 외로운 사람입니다. 카

톡에 2000명의 친구가 있다고 자랑하던 누군가가 어느 날 "오늘 너무

외롭네요"라고 쓴 글을 보며 친구가 많은 것이 전혀 외로움에 도움이

안되는 허상에 불과하단 생각이 들었습니다. 친구가 없는 여러분, 친구

가 없음 어떻습니까. 열심히 살고 베풀고 이해하고 배려했어도 친구가

없을수도 있습니다.그건 당신의 탓이 아닙니다. 당신이 부족해서도 못나서도 실수가 많아서도 아닙니다. 이기적인 이 현실에서 어찌보면 친구를 사귄다는 것이 불가능에 가까운 어려운 것인지 모릅니다. 누군가 있지만 외롭다는 여러분 그것도 인간이 느끼는 당연한 감정일수 있습니다. 이상한 게 아니고 정상일지도 모릅니다. 각 이야기속에서 위로와 소망을 발견하셨다면 저는 충분히 행복할 것 같습니다. 감사합니다 나의 외로운 독자 여러분, 저도 몹시 외로웠고 그때마다 지은 글이 3천개가 넘어서 그 외로운 시간들에 쓴 글들을 책으로 냅니다

친구가 없는 작가.

이 책이 여러분에게 친구가 되어 주길 바랍니다.

도서명　전 친구가 한 명도 없거든요

발 행 | 2022년 05월 10일

저 자 | 남희정

펴낸이 | 한건희

펴낸곳 | 주식회사 부크크

출판사등록 | 2014.07.15.(제2014-16호)

주 소 | 서울특별시 금천구 가산디지털1로 119 SK트윈타워 A동 305호

전 화 | 1670-8316

이메일 | info@bookk.co.kr

isbn->isbn->979-11-372-8244-5

www.bookk.co.kr

ⓒ **남희정 2022**